ESTA É
A VERDADEIRA
HISTÓRIA
DO PARAÍSO

ESTA É A VERDADEIRA HISTÓRIA DO PARAÍSO

Millôr Fernandes

APRESENTAÇÃO DE
ANTONIO PRATA

COMPANHIA DAS LETRAS

Copyright do texto e ilustrações © 2014 by Ivan Rubino Fernandes

Grafia atualizada segundo o Acordo Ortográfico da Língua Portuguesa de 1990, que entrou em vigor no Brasil em 2009.

Capa e projeto gráfico
ELISA VON RANDOW

Preparação
JULIA DE SOUZA

Tratamento de imagem
SIMONE RIQUEIRA

Revisão
VIVIANE T. MENDES
RENATA LOPES DEL NERO
MARINA NOGUEIRA

Dados Internacionais de Catalogação na Publicação (CIP)
(Câmara Brasileira do Livro, SP, Brasil)

Fernandes, Millôr, 1923-2012.
 Esta é a verdadeira história do Paraíso / Millôr Fernandes. — 1ª ed. — São Paulo : Companhia das Letras, 2014.

 ISBN 978-85-359-2413-8

 1. Literatura infantojuvenil I. Título.

14-01190   CDD-028.5

Índices para catálogo sistemático:
1. Literatura infantojuvenil 028.5
2. Literatura juvenil 028.5

[2014]
Todos os direitos desta edição reservados à
EDITORA SCHWARCZ S.A.
Rua Bandeira Paulista, 702, cj. 32
04532-002 — São Paulo — SP
Telefone: (11) 3707-3500
Fax: (11) 3707-3501
www.companhiadasletras.com.br
www.blogdacompanhia.com.br

A marca FSC® é a garantia de que a madeira utilizada na fabricação do papel deste livro provém de florestas que foram gerenciadas de maneira ambientalmente correta, socialmente justa e economicamente viável, além de outras fontes de origem controlada.

Esta obra foi composta em Fakt Slab, Fakt Blond e Clarendon e impressa pela Geográfica em ofsete sobre papel Paperfect da Suzano Papel e Celulose para a Editora Schwarcz em julho de 2014

Sempre desprezei Adão por ter precisado da tentação de Eva (como esta precisou da tentação da Serpente) para comer o fruto da Árvore da Ciência do Bem e do Mal. Eu teria devorado todas as maçãs assim que o dono virasse as costas.
George Bernard Shaw.

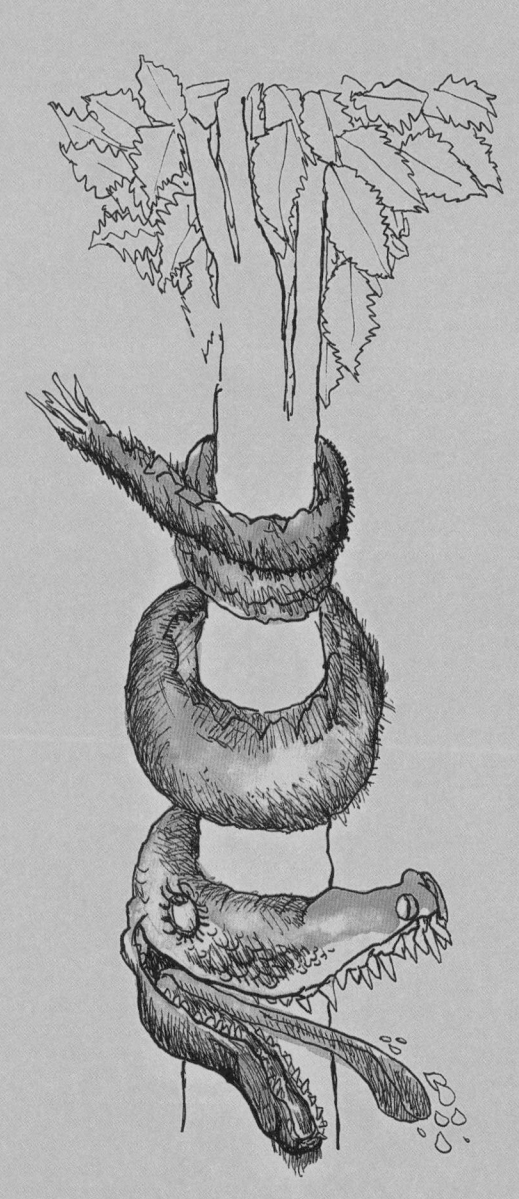

Aos humoristas,
de Aristófanes a Gregório de Matos,
de Ian Neruda a João do Rio,
de Karel Čapec a Lima Barreto,
de Robert Benchley a Antônio de Alcantara Machado,
de Lewis Carrol a Monteiro Lobato,
de Levine a Lan,
de Joe Miller a Cornélio Pena,
de Cervantes a Machado de Assis,
de Will Rogers a Juó Bananere,
de Daumier a Álvarus,
de Ogden Nash a Ascenso Ferreira,
de Ionesco a João Bethencourt,
de Feydeau a Luis Peixoto,
de Sholom Aleish a Leon Eliachar,
de Groucho Marx a Oscarito,
de Ambrose Bierce a Agripino Grieco,
de Petty a Péricles Maranhão,
de André François a Claudius,
de Wilhelm Busch a Ziraldo,
de Popov a Piolin,
de George Grosz a Vagn,
de Ramon Gomez de la Serna a don Rossé Cavaca,
de Bocaccio a Oswald de Andrade,
de Oski a Carlos Estevão,
de Danny Kaye a Jô Soares,
de Gahan Wilson a Jaguar,
de La Fontaine a Álvaro Moreira,
de Steinberg a Fortuna,
de Edward Lear a Juarez,
de Bosch a Henfil,
de Jerry Lewis a Chico Anysio,
de Grock a Olimecha,
de Alfredo Jarry a Ivan Lessa,
de James Thurber a Rubem Braga,
de Nasir-Ed-Din ao Barão de Itararé,
de Damon Runyon a Sérgio Porto,
de Fred Allen a Haroldo Barbosa,
de Chamfort a Max Nunes,
de Folon a Caulos,
de Heins Edelman a Miguel Paiva,
de Crumb a IF,
de George McManus a Zélio,
de Winsor McCay a Vilmar,
de Ring Lardner a Mário Prata,
de Chaval a Redi,
de G.B.S. a V.G.,
meus companheiros de ofício.

Millôr 3 x 0 Deus

Millôr Fernandes se orgulhava de, numa manhã ensolarada da década de 1950, no Posto 4, em Copacabana, ter inventado o frescobol — e, enquanto nenhum americano aparecer querendo nos surrupiar a patente, apresentando um esquema fraudulento qualquer, tipo "Irmãos Wright", a "raquetinha" continuará a ser mais uma das grandes contribuições do Guru do Méier à humanidade.

Faz todo o sentido. Afinal, sendo o frescobol, ao lado do humor, um dos três únicos esportes que não visam a vitória sobre o oponente, mas o empate com o semelhante (o terceiro é o sexo), é natural que o nosso maior humorista, capaz de bater bola por mais de sete décadas com centenas de milhares de leitores, espraiando seu talento em prosa, verso, traço e cores do Oiapoque ao Chuí — e de Sagres ao Minho, se incluirmos aí a coluna semanal que publicou de 1964 a 1974 no *Diário Popular*, em Portugal —, seja o pai da mais fraterna das atividades desportivas. (A mãe é desconhecida.)

Como diria Confúcio, porém, cada empate é um empate: no frescobol ele é contínuo, no sexo é pontual e, no humor, é duplo. Ao rir das próprias misérias e da falta de sentido das coisas, o humorista se irmana com o leitor, fazendo com que ambos baixem a guarda. Assim, empata também com a vida, tirando sarro de seus percalços. E como não tirar? Se "o homem é um animal inviável", condenado a pelejar neste "pau de sebo com uma nota falsa em cima", um Sísifo (e bota sifú nisso) obrigado a rolar pra cima uma pedra que sempre rolará para baixo; se, no fim das contas, *the cow will go*, inevitavelmente, *to the swamp*, ou o sujeito se agarra à graça divina ou ri da desgraça terrena. Lendo *Esta é a verdadeira história do Paraíso*, fica claro em qual guichê o autor fez seu cadastro.

Cadastro precoce, diga-se de passagem, pois no caso de Millôr a vaca foi pro brejo muito cedo: aos dois anos, perdeu o pai; aos doze, a mãe. "Quando minha mãe morreu […] eu fui ao cemitério; […] voltei pra casa, me deitei embaixo de uma cama, numa esteira, e chorei feito um desgraçado. Eu chorei, chorei e senti um enorme alívio com aquilo, que depois designei como 'a paz da descrença'. Achei, como já disse algumas vezes, que não tinha Deus coisa nenhuma. Foi como se eu tivesse concluído: 'agora é comigo'."

Nascia aí o escritor que, vinte anos mais tarde, em 1955, diria no "Decálogo do verdadeiro humorista", publicado na revista *O Cruzeiro*: "Para escrever, o humorista deve escolher sempre o assunto mais sério, mais triste ou mais trágico. Só um falso humorista escreve sobre assuntos humorísticos". Em outro decálogo, dessa vez na apresentação da revista *Pif Paf*, em 1964, continuaria no tema: "Pretendemos meter o nariz exatamente onde não fomos chamados. Humorismo não tem nada a ver e não deve ser confundido com a sórdida campanha do 'Sorria sempre'. Essa campanha é anti-humorística por natureza, revela um conformismo primário, incompatível com a alta dignidade do humorista. Quem sorri sempre ou é um idiota total ou tem a dentadura mal ajustada".

Qual assunto poderia ser "mais sério" e menos recomendável de se "meter o nariz" nas manhãs cinzentas de

1963, às vésperas do golpe militar e da "Marcha da família com Deus pela liberdade"? Pois foi exatamente à Bíblia que Millôr Fernandes dedicou sua pena, seus lápis, suas canetas e aquarelas. O resultado, que você tem agora em mãos — um *Genesis redux* (*The comedian's cut*), ora lírico, ora indignado, sempre engraçado —, é dos grandes momentos desse que ainda será reconhecido como um dos principais escritores brasileiros do século XX. Uma intensa partida de frescobol, destinada a revelar a falsidade da nota em cima do pau de sebo e, no percurso, fazer o leitor rir até suar a última toxina do (suposto) Pecado Original.

O jogo é de frescobol com o leitor, mas com Deus, como se verá em breve, é de tênis — e o autor entra disposto a impor um acachapante 3 x 0. Não direi muito mais para não cometer o pecado de oferecer a maçã (ou o tamarindo, vide pág. 73) antes da hora, estragando o passeio pelo jardim. Dou só uma palhinha do que vem por aí:

> Essa pressa leviana
> Demonstra o incompetente:
> Por que fazer o Mundo em sete dias
> Se tinha a Eternidade pela frente?

Match point? Não. O golpe de misericórdia chega só na última página. Ali, com um desenho e sem uma única palavra, Millôr Fernandes mata a cobra e mostra o pau. Ou, mais precisamente: mostra a cobra e mata o Pai.

Antonio Prata

como um prefácio

A *Verdadeira História do Paraíso* foi escrita aos poucos, ao acaso, frases soltas, conceitos ocasionais que me ocorriam enquanto fazia, semanalmente, através dos anos, na revista *O Cruzeiro,* a seção humorística *O Pif Paf* ("Cada número é exemplar. Cada exemplar é um número."). Um dia, no fim da década de 1950, não me lembro exatamente quando, num programa de televisão que eu apresentava pessoalmente em Belo Horizonte, estimulado por meu amigo Frederico Chateaubriand, contei, ilustrando com desenhos, a história completa pela primeira vez. Não sei se houve algum protesto — há sempre — mas a TFM não desmoronou, o país continuou a avançar nos seus precários trilhos (bitola estreita), e o sol prosseguiu nascendo e morrendo a espaços aproximados de doze horas.

Posteriormente a história foi apresentada, também, na TV Tupi do Rio, e num espetáculo teatral, PIF-TAC-ZIG-PONG, antes de ser vendida como matéria especial — com contrarrecibo e pagamento adiantado, pois eu conhecia bem o meu eleitorado — para a revista *O Cruzeiro,* em maio de 1963. A revista, creio que por motivos de programação, só publicou a história seis meses depois, em outubro, ocasião em que eu viajava pela Europa. Uma noite, estando numa festa em Lisboa — me lembro de que havia, na festa, uma ilustre companhia, desde a senhora Princesa da Fátima à não menos senhora condessa de Paris, pois eu, Proust e Ibrahim estamos sempre nessas — o cantor Juca

Chaves se aproximou de mim com aquele ar satânico de quem vai anunciar a repetição do terremoto de 1755 e perguntou: "Você viu o que *O Cruzeiro* escreveu contra você?".

Vi no dia seguinte, na embaixada. Na primeira página da revista, na qual eu tinha trabalhado durante 25 anos (seis meninos, tínhamos elevado a vendagem da revista de 11 000 a 750 000 exemplares semanais, a maior da imprensa brasileira em todos os tempos), havia um incrível editorial contra mim, naturalmente não assinado, no qual se dizia que eu tinha publicado a história — dez páginas em quatro cores! — sem conhecimento da redação, da secretaria e, consequentemente, da direção do semanário. Acho que o fato é inédito na história da imprensa — e da pusilanimidade — internacional e só foi mesmo possível devido ao caos moral em que se haviam transformado os *Diários Associados*, desagregação essa que, pelo gigantismo da organização, influenciou, e influencia ainda hoje, no pior sentido, a imprensa brasileira. Não houve nada mais deletério, mais deliquescente, do que aquele espírito jornalístico, que continua, como um miasma, a atuar sobre a presente geração.

O editorial mandado publicar contra mim na revista *O Cruzeiro*, por seu diretor Leão Gondim de Oliveira, causou tal indignação nos meios profissionais que produziu efeito contrário ao esperado: num jantar de desagravo que me foi oferecido compareceram, representando oficialmente as empresas que dirigiam, os diretores e presidentes dos maiores veículos de comunicação do país: rádios, tevês, jornais, sindicatos, revistas, editoras e mais de duas centenas de jornalistas e escritores do Rio e de São Paulo. Uma demonstração maciça de imprensa contra imprensa quase impossível de se repetir.

Por que a revista *O Cruzeiro* escreveu o editorial contra mim? Simples; publicada na revista a história deste livro — aliás ainda mais inocente, pois fiz, aqui, algumas alterações, coisa natural, vividos tantos anos de *permissividade* — a empresa sofreu uma certa pressão de alguns *carolas* do interior, exatamente 36, como consta do processo trabalhista, o suficiente, porém, para apavorar a direção da revista, *carolíssima.* Não tendo argumentos com que apaziguar os pobres diabos que passavam, para ele, por "representantes da igreja" — isso mesmo, como Cristo e como o Papa —, o diretor da revista achou mais fácil me atacar à distância, servindo-se de minha ausência. Típico. Como típico também, com referência à igreja de então, caindo pelas tabelas de gagá, é o fato de, no meio de 112 artigos escritos indignadamente contra o semanário associado, no meio de centenas de telegramas de solidariedade, no meio de incontáveis demonstrações pessoais de apoio, eu não ter recebido nem uma palavra favorável de um líder, um prelado ou um pensador católico.

Conto isto como um simples e necessário registro, para que o leitor conheça a origem deste texto, as vicissitudes por que já passou. Conto, em suma, a história desta história. Ganhei, naturalmente, a ação judicial que fiz contra *O Cruzeiro.* A violência evidente teve que ser reconhecida até pela burocracia seiscentista da trôpega justiça trabalhista brasileira. Por isso continuo aqui, gordo e feliz (mentira, só feliz) enquanto a revista, e seus editores, morriam de cirrose ética dois anos depois. Moral, meus filhos: a justiça farda, mas não talha.

Millôr Fernandes. Rio. Setembro de 1972.

Esta é a
verdadeira
história
do
Paraíso

Um dia...

... o Todo-Poderoso se levantou naquela imensidão desolada em que vivia, convocou os anjos, os arcanjos e os querubins, e disse: — "Meus amigos, vamos ter uma semana cheia. Resolvi criar o Universo e dentro dele a Terra e o Paraíso. Além da Terra farei o Sol, a Floresta, os animais, os minerais, a Lua, as estrelas, o Homem e a Mulher. E devemos fazer tudo isso muito depressa, pois temos que descansar no domingo. E no sábado, depois do meio-dia".

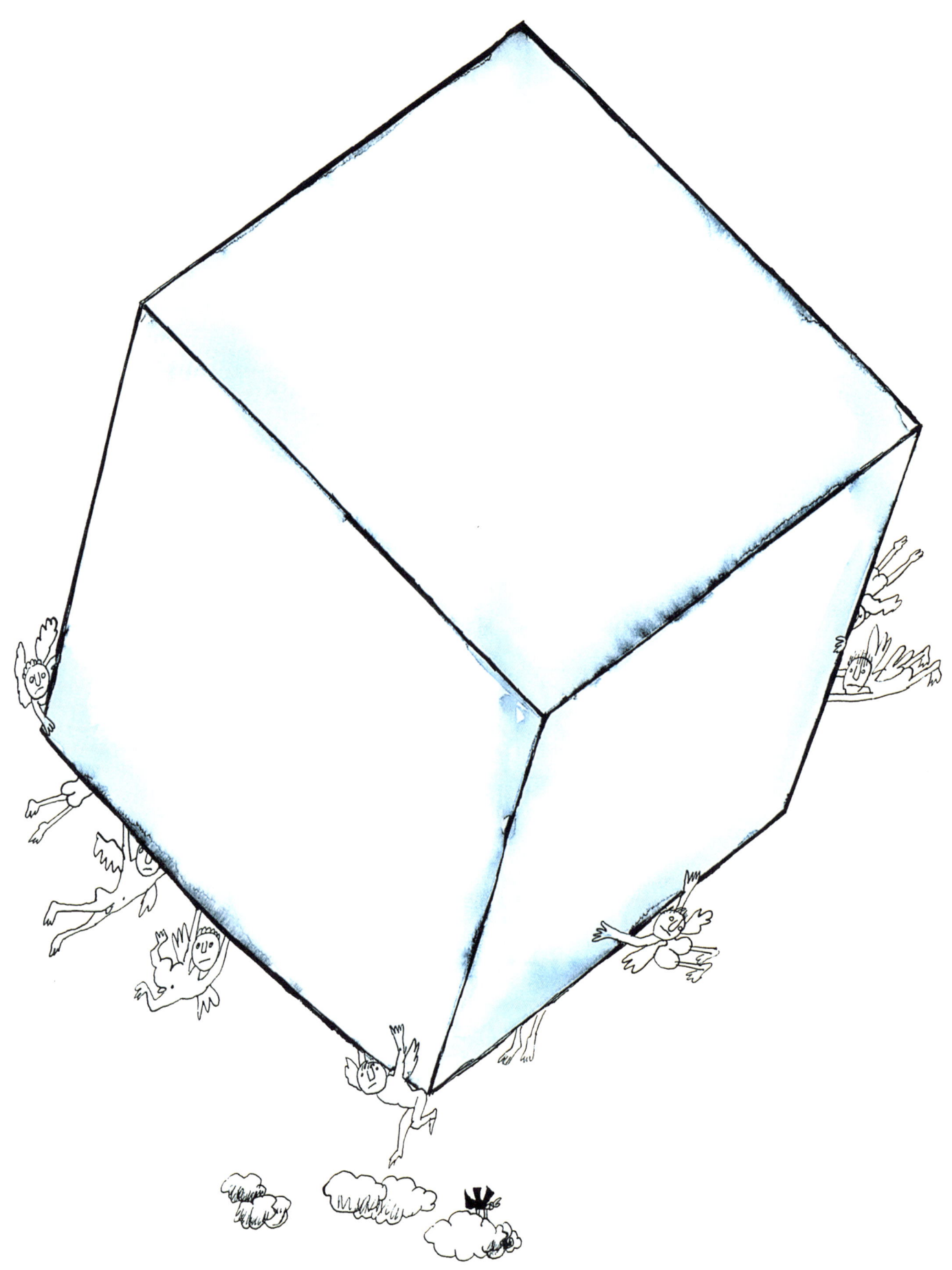

A maior dificuldade de todas, embora pareça incrível, foi lançar a Pedra Fundamental. Os anjinhos ficaram com aquela estrutura imensa na mão, suando enquanto o Criador hesitava, diante da opção total de um espaço infinito. Afinal, Ele decidiu mesmo lançar o mundo ao acaso, e o mundo ficou por aí, girando, num lugar mais ou menos instável, uma rotação pra lá, uma translação pra lá, por conta própria.

P.S. Não é erro do desenhista não. A Terra era assim mesmo, quadrada, os antigos estavam certos. Séculos e séculos de rotação é que a fizeram redonda. E para os que estão achando nossos anjos completamente desproporcionais em relação ao tamanho da Terra, esclarecemos: vocês precisavam ver o tamanho desses anjos! Além do que é preciso esclarecer, a proporção, nessa época, ainda não existia. Só seria descoberta pelos geômetras gregos milhares de anos depois.

Trabalhar no escuro era muito difícil.

Deus então murmurou "Fiat Lux!".

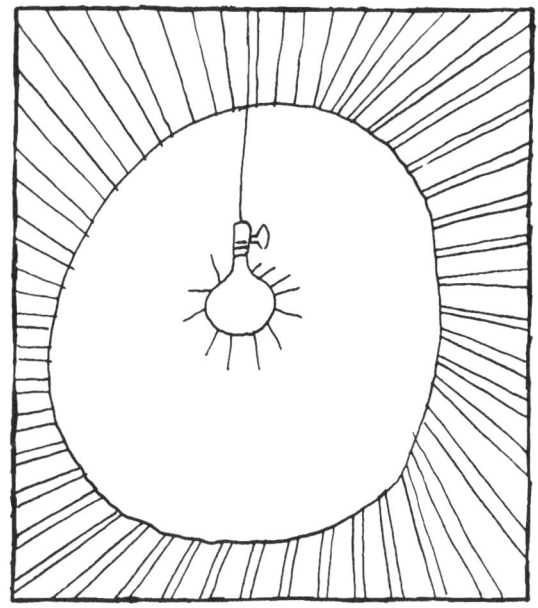

E a Luz foi feita.

P.S. Até hoje ainda há uma grande discussão para saber se Deus falava latim ou hebraico...

E fez, em seguida, a Lua e as estrelas.

E dividia a Noite do Dia.

Fez, então, os minerais e os vegetais. Todos os vegetais eram bons e belos e seus frutos podiam ser comidos. Ruim só havia mesmo, bem no centro do Paraíso, a sinistra Árvore da Ciência do Bem e do Mal.

Isto daqui é a Parreira, futuro guarda-roupa de Adão e Eva.

P.S. Os especialistas em modas bíblicas jamais chegaram à conclusão se esse guarda-roupa era uma figueira ou uma videira.

E logo o Senhor fez os animais: o Leão, o Tigre, o Cavalo, a Girafa (vê-se nitidamente que a Girafa foi um erro de cálculo), as aves, os peixes... notem os leitores que Deus fez dois exemplares de cada animal, prova de que não acreditava na Cegonha. A cara humilde e sorumbática do Leão se deve ao fato de que, no início, ele não era o Rei-dos-Animais.

P.S. Certas habilidades do Todo-Poderoso são, porém, para mim, pura exibição do óbvio. É claro que, tendo inventado o Cavalo, qualquer um teria inventado a equitação.

Notem também que, no quadro, só existe um Sol. Os críticos já haviam ganho sua primeira campanha.

Tendo feito a Cabra, esta, subitamente, resolveu dar leite. (Posteriormente a Vaca fez a mesma coisa muito melhor e em muito maior quantidade, mas a história das conquistas humanas é mesmo assim.)

O Mestre bebeu o leite com os anjinhos, aprovou, ordenou à Cabra que produzisse pelo menos dois litros diariamente, e o resto jogou fora, pela janela do Universo, formando assim a *Via Láctea*.

P.S. A cabra é uma cortesia de Pablo Picasso.

E fez também...
A COBRA!

Como os animais começassem a sentir sede, Deus teve que resolver o problema, mas não se apertou. Partindo do princípio de que os animais, daí em diante, iriam ter sede constantemente, decidiu logo que o elemento dessedentador teria que ser produzido ao custo mais baixo possível. Procurou, na própria natureza já criada, os elementos mais econômicos e, depois de eliminar, naturalmente, urânio, ouro, prata e outros ingredientes que, fatalmente, tornariam o aplacamento da sede um privilégio de ricos, conseguiu a fórmula com a qual ele próprio se entusiasmou — uma mistura simples de duas partes de Hidrogênio com uma de Oxigênio.

Experimentou, verificou que a própria sede passava milagrosamente e fez o primeiro comercial da história:

"Meus amigos, experimentem este dessedentador, de uma pureza sem igual. Vai ser um sucesso eterno. Vou chamá-lo de ÁGUA. ÁGUA, um produto divino. ÁGUA, inodora, insípida e incolor. ÁGUA, um produto caído do céu!".

P.S. Deus, porém, se antecipou. Caído do céu não era não. Em verdade, como o inventor não tinha decidido nada a respeito, assim que o H2 se juntou ao O1, a combinação começou foi a subir.

Assim, dizem as Escrituras
que Deus criou todas as coisas
sobre a face da Terra. Mas
uma coisa eu garanto aos
leitores que Ele não inventou.

Ele inventou o Sol.

Ele inventou as árvores.

Ele inventou os animais.

Ele inventou as coisas.

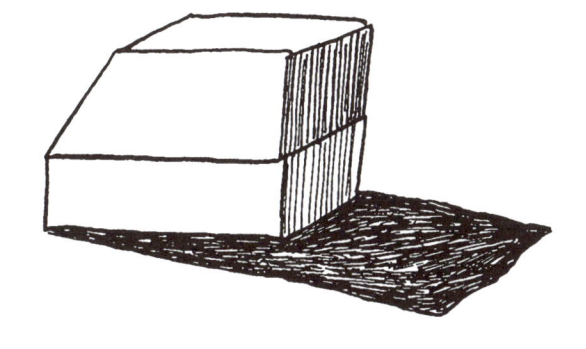

Mas, de repente, para absoluta surpresa sua, Ele olhou e viu, maravilhado, que cada coisa tinha uma SOMBRA! Nessa, francamente, Ele não tinha pensado!

Mas, habilidoso como era, Deus não se deu por achado.
E, imediatamente, começou a utilizar a sombra pra fazer seus projetos. Abrindo e fechando a mão espalmada criou um cachorro, movimentando a mão e o braço pra frente e pra trás inventou o pato, e, pegando um galho seco, inventou o veado-galheiro.

E FOI OLHANDO A PRÓPRIA SOMBRA QUE

RESOLVEU CRIAR UM SER À SUA SEMELHANÇA.

E ADÃO FOI FEITO!

?

Nascendo já grande e prontinho, Adão não teve as famosas crises de identidade da adolescência, nunca ouviu falar em *generation gap*, embora também jamais pudesse pôr a culpa de tudo em cima das gerações anteriores. Sem falar que nunca precisou comprar presente no Dia das Mães.

P.S. A esta altura Adão ainda não usava folha de parreira, mas nós colocamos uma no desenho para agradar a Censura. O leitor poderá criticar também a nossa história, afirmando que a figura do Proto-Homem não está, decididamente, muito máscula. Lembramos, porém, que Eva não existia e que, por isso, ainda não havia a menor função para a masculinidade sobre a Terra.

Outro problema, quando se pinta Adão, é saber se ele tinha ou não tinha barba. Nas pinturas clássicas, ele, em geral, não tem barba quando está no Paraíso, e tem barba quando já saiu do Paraíso. A conclusão:

O castigo, por ter comido a maçã, Foi fazer a barba, toda manhã.

Mas há ainda outros problemas metafísicos criados pelo TODO-PODEROSO. Aqui, neste mesmo esquema, devidamente numerado, temos quatro desses problemas fundamentais, para meditação do leitor:

1.
Responda, amigo:
Adão
Tinha umbigo?

2.
Responda, irmão:
O pássaro
Já nasce com a canção?

3.
O mistério não acaba:
Onde anda o bicho-de-goiaba
quando não é tempo de goiaba?

4.
Mestre, respeito o Senhor,
Mas não a sua Obra;
Que Paraíso é esse, que tem cobra?

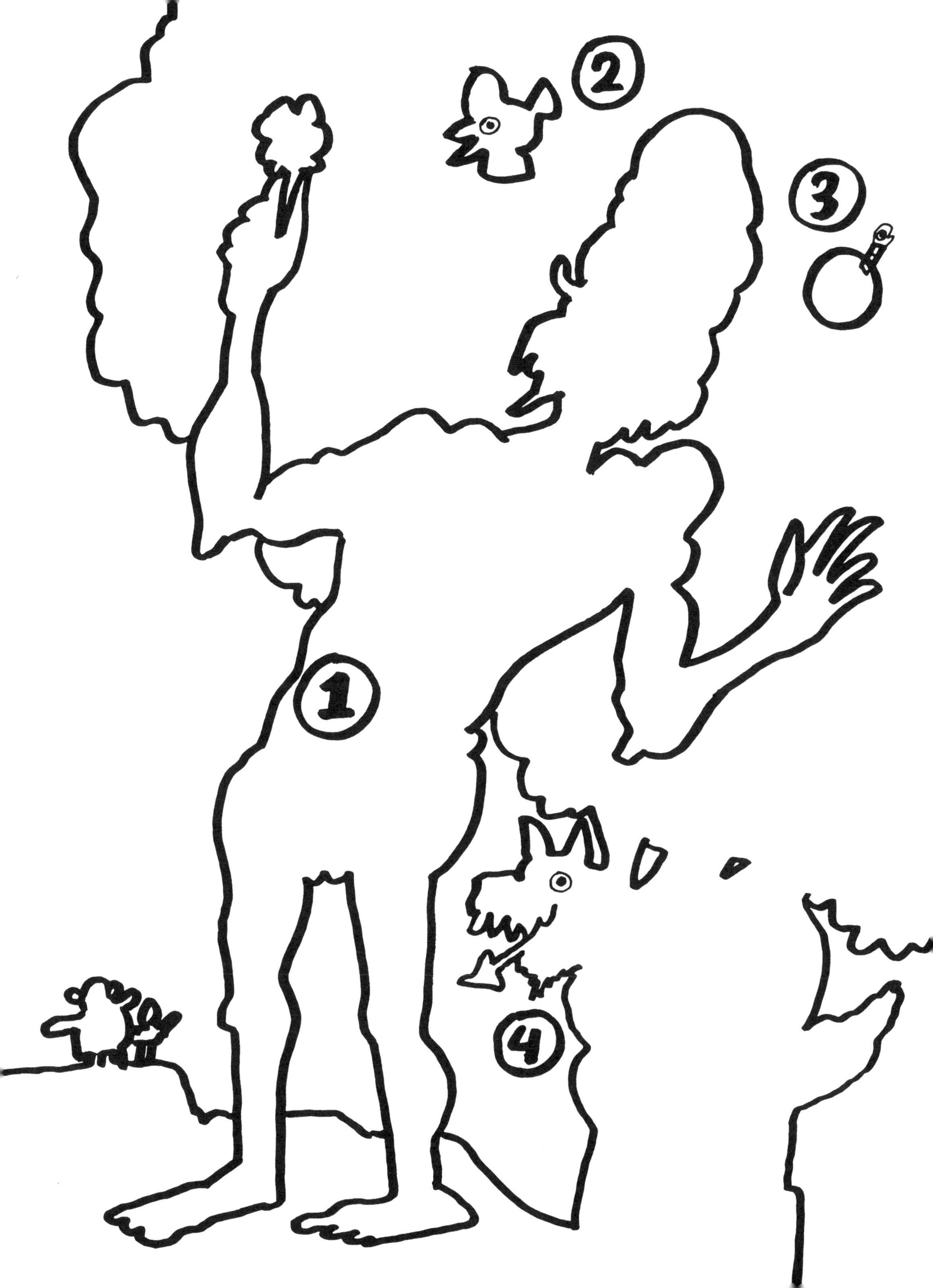
2
3
1
4

Mas ali estava Adão, prontinho, feito de barro. Durante muito tempo, aliás, se discutiu se a mulher não teria sido feita antes dele. Mas está claro que a mulher foi feita depois. Primeiro porque é mais caprichada, mais bem-acabada. Segundo porque, se Deus tivesse feito a mulher antes do homem, vocês já imaginaram os palpites que ela ia dar na nossa confecção?

— Ih, Todo-Poderoso, não põe isso não, põe aquilo! Ah, que bobagem, que nariz feio! Deixa ele careca, Todo, deixa! Põe mais um olho, põe! Ah, pelo menos bota um vermelho e outro amarelo, bota! Puxa, Todo, você não faz nada do que eu peço, hein? É de barro também, é? Parece um macaco, seu! Você é errado, Todo-Poderoso! Ah, não põe dois braços não, deixa só eu com dois braços, deixa! Não põe boca não, põe uma tromba! Ficou pronto depressa, não foi? Você deixa eu soprar ele, deixa? Deixa que eu sopro, deixa!

P.S. A verdade é que Adão não era lá muito bonito mesmo. Deus, como escultor, deixava muito a desejar. Mas, naturalmente, ele contava com a evolução pra melhorar a sua Obra.

Depois de devidamente soprado com o Fogo Eterno, Adão saiu pelo Paraíso, experimentando as coisas. Tudo que ele fazia ou dizia era absolutamente original. Nunca perdeu tempo se torturando: "Onde é que eu ouvi essa?", "De onde é que eu conheço essa cara?".

Deus, entre outros privilégios, deu a Adão o de batizar, denominar tudo. Foi ele quem chamou árvore de Árvore, folha de Folha, e vaca de Vaca. E tinha tanto talento para isso que todos os nomes que botou pegaram.

Deus só pediu explicação a Adão no dia em que este batizou o Hipopótamo. "Por que Hi-po-pó-ta-mo?" soletrou, mal e mal, o Todo-Poderoso. E então Adão deu uma resposta tão certa, tão clara, tão definitiva, que Deus nunca mais lhe perguntou nada:
"Olha, Mestre" — disse Adão — "eu lhe garanto que em toda minha vida nunca vi um animal com tanta cara de hipopótamo!".

E assim Adão foi pondo nome em todas as coisas. Só errou no dia em que estava batizando alguns minerais e deu uma topada numa pedra. Foi a primeira vez que uma coisa foi chamada com outro nome.

Adão tinha criado a metáfora.

Continuando, Adão saiu por ali a fora, nadando no rio, comendo dos frutos, brincando com os animais. Mas não parecia satisfeito. O Senhor, percebendo que faltava alguma coisa a Adão, resolveu então lhe dar uma companheira. Ordenou que ele fosse dormir e, como lá reza a História, foi o primeiro sono de Adão e seu último repouso.

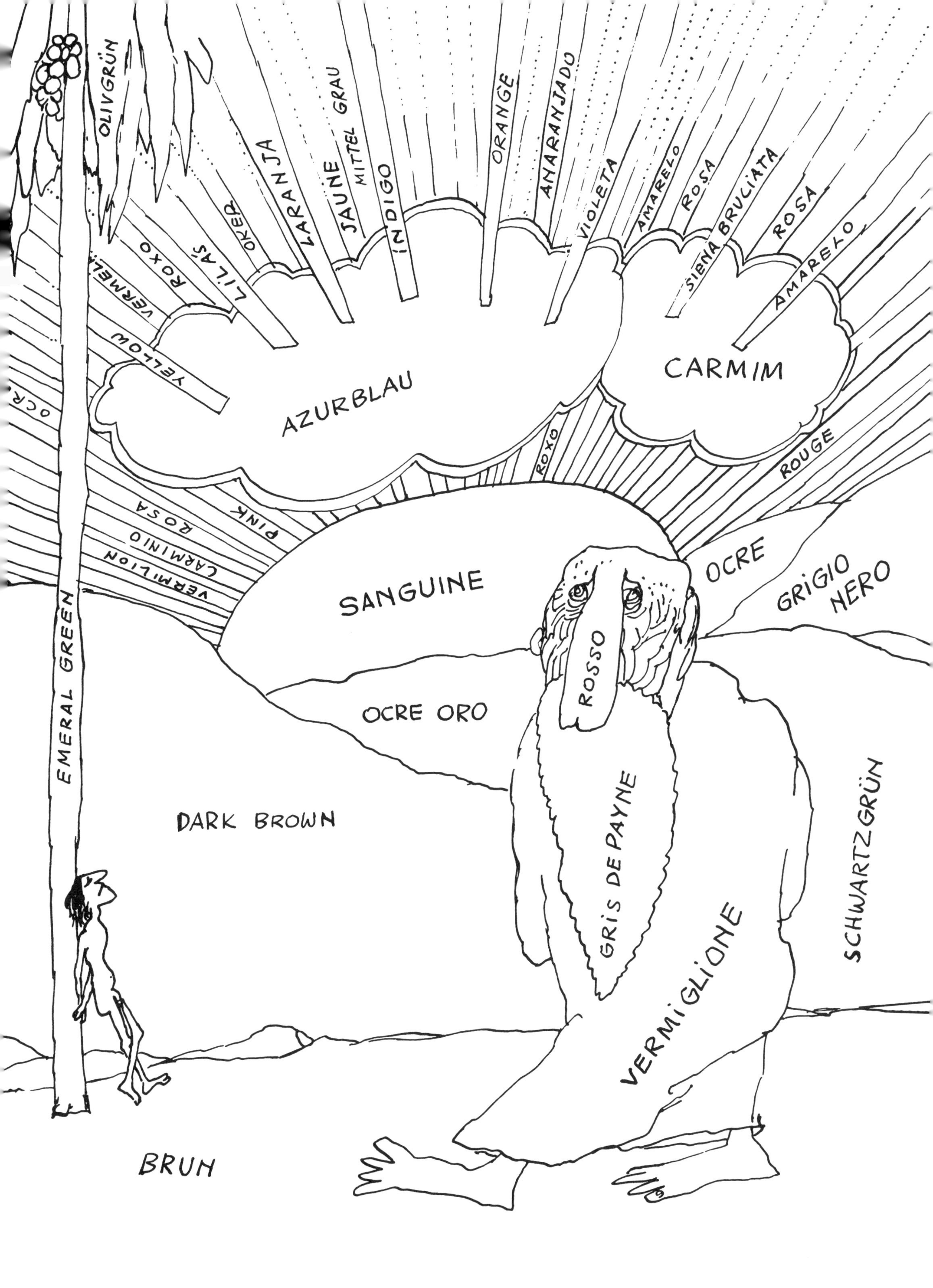

OLIVGRÜN
VERMELHO
ROXO
LILÁS
OKER
LARANJA
JAUNE
MITTEL GRAU
INDIGO
ORANGE
AMARANJADO
VIOLETA
AMARELO
ROSA
SIENA BRUCIATA
ROSA
AMARELO
YELLOW
OCRE
AZURBLAU
CARMIM
ROXO
ROUGE
PINK
ROSA
CARMINIO
VERMILION
VERMELHO
SANGUINE
OCRE
GRIGIO NERO
ROSSO
OCRE ORO
EMERAL GREEN
DARK BROWN
GRIS DE PAYNE
VERMIGLIONE
SCHWARTZGRÜN
BRUN

Porque, assim que ele dormiu, o Mestre tirou-lhe uma costela e...

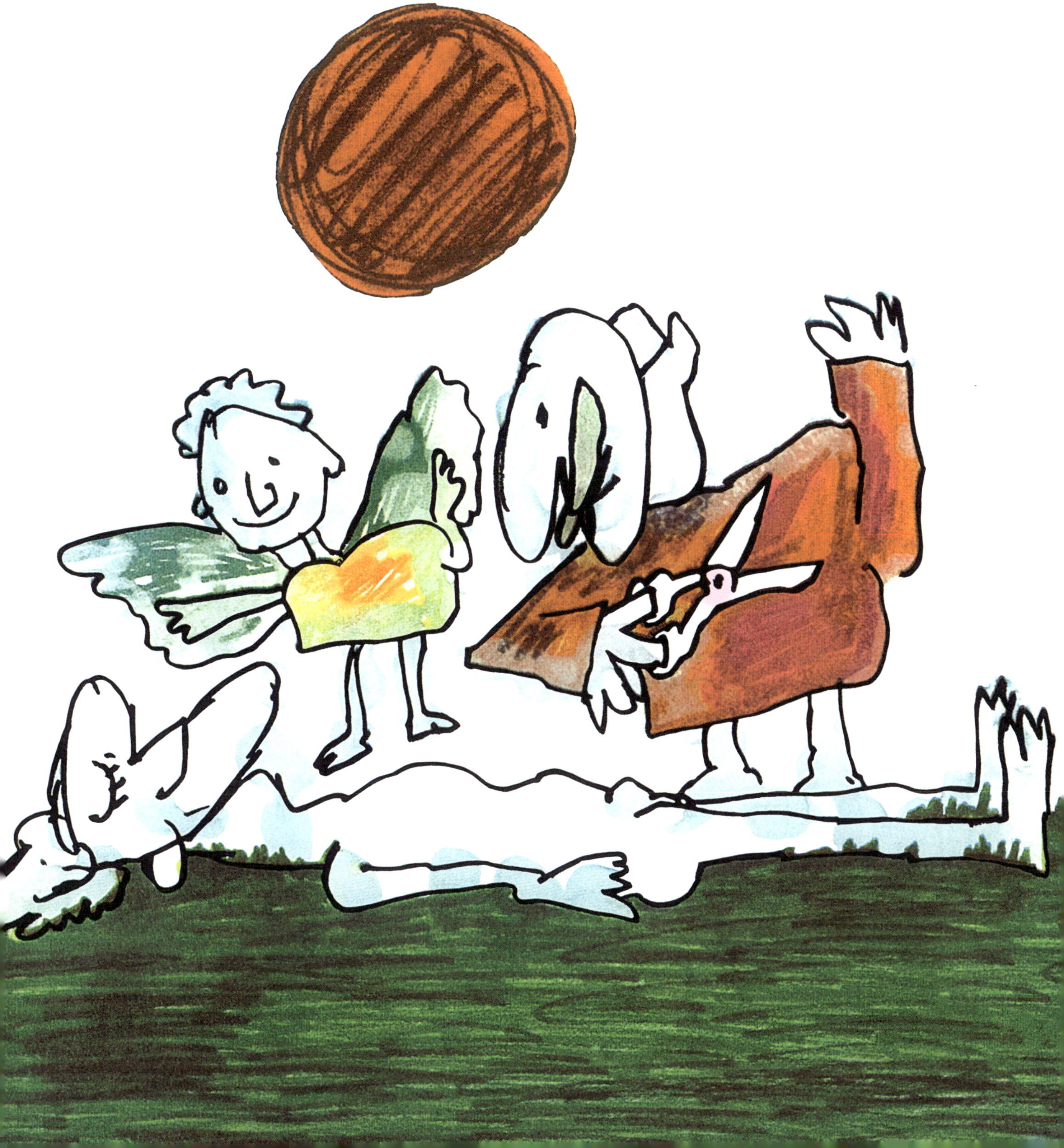

...CONSEGUIRÁ DEUS CRIAR A MULHER DE UMA COSTELA DE ADÃO? A SERPENTE ALCANÇARÁ O SEU SINISTRO INTENTO? CONSEGUIRÁ EVA CONDUZIR ADÃO PARA O CAMINHO DO MAL? ADÃO E EVA SERÃO EXPULSOS DO PARAÍSO?

NÃO DEIXEM DE LER A EMOCIONANTE CONTINUAÇÃO!

Aí está. Deus conseguiu mesmo criar a Mulher da costela de Adão.

E, conforme prevíramos, a primeira coisa que ela fez, ao olhar em volta, foi palpitar: "Ih, Todo-Poderoso, quanto animal sem coloração! Muda isso! Pra floresta o que vai pegar mesmo é o estampado!".

E começou imediatamente a riscar os animais, impondo a Deus as suas sugestões de manchas e cores a usar na próxima estação.

P.S. Se o leitor tiver curiosidade em saber que cores usavam os animais primitivos, basta pegar uma caixa de lápis de cor, uma coleção de Ecoline, ou qualquer aquarela e colorir assim o desenho abaixo: ❶ Verde-oliva. ❷ Carmim. ❸ Rosa. ❹ Cerúleo. ❺ Laranja. ❻ Marrom. ❼ Limão. ❽ Turquesa.

O leitor mais atento reparará que, neste quadro, a chuva já cai do céu. Pois é, Deus já descobrira que as nuvens eram o meio de transporte natural de seu novo produto dessedentador, ÁGUA.

E não se esqueça, irmão:
ÁGUA não contém Etilmetizalina.

E enquanto Deus, como alguns leitores, ficava colorindo a pele dos
animais, Eva e nós continuamos a caminhar pelo Paraíso. Eva, de
repente, descobrindo uma bela cascata, resolveu tomar um banho
de rio. A criação inteira veio então espiar aquela coisa linda que
ninguém conhecia. E quando Eva saiu do banho, toda molhada,
naquele mundo inaugural, naquela manhã primeval, estava
realmente tão maravilhosa que os anjos, arcanjos e querubins,
ao verem a primeira mulher nua sobre a Terra, não se contiveram,
começaram a bater palmas e a gritar, entusiasmados:

"O AUTOR! O AUTOR! O AUTOR!".

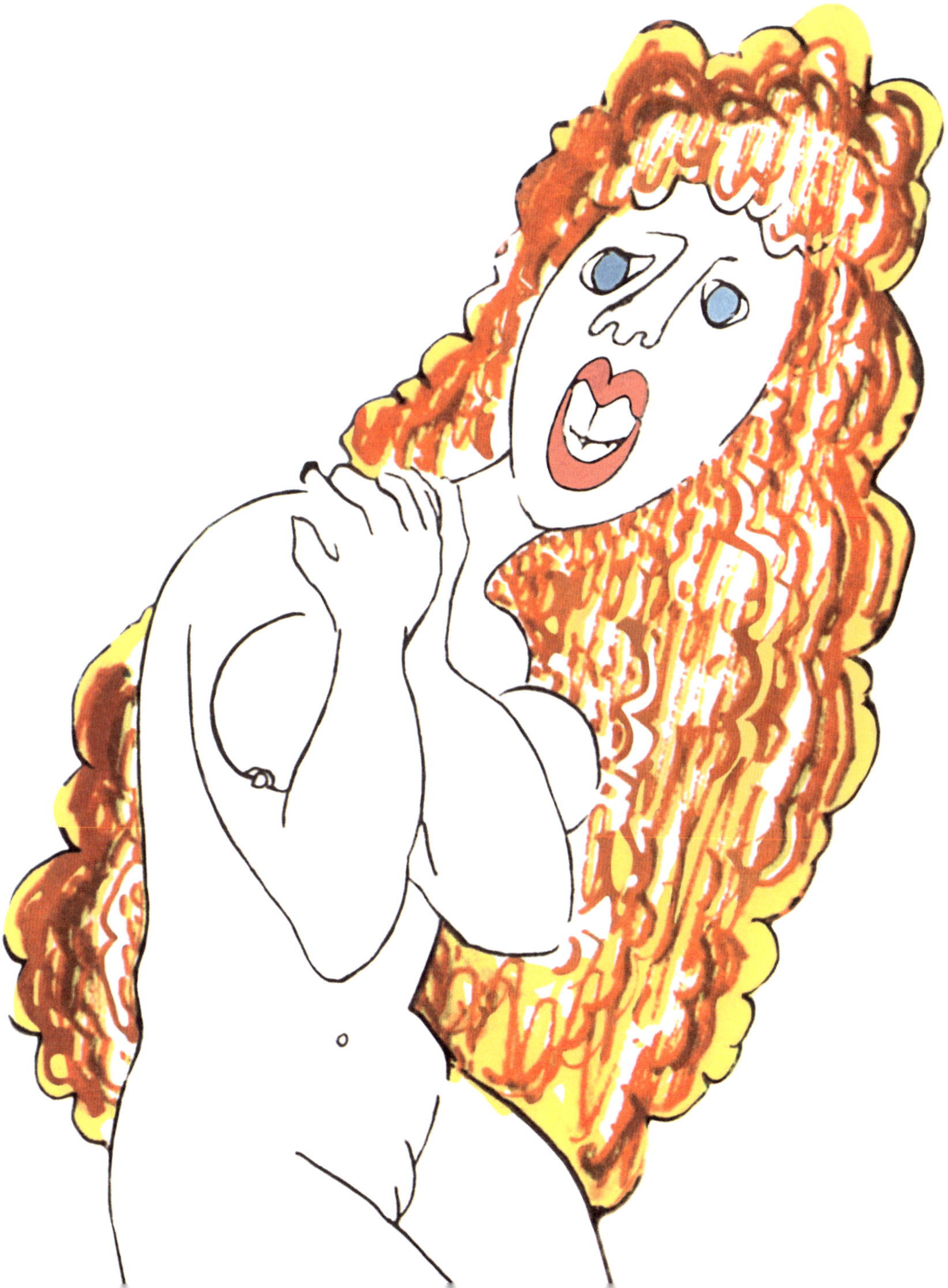

P.S. O que Deus fazia antes da criação do Mundo ninguém sabe.

Se fez tudo isso em seis dias apenas, imaginem que imensa ociosidade a anterior!

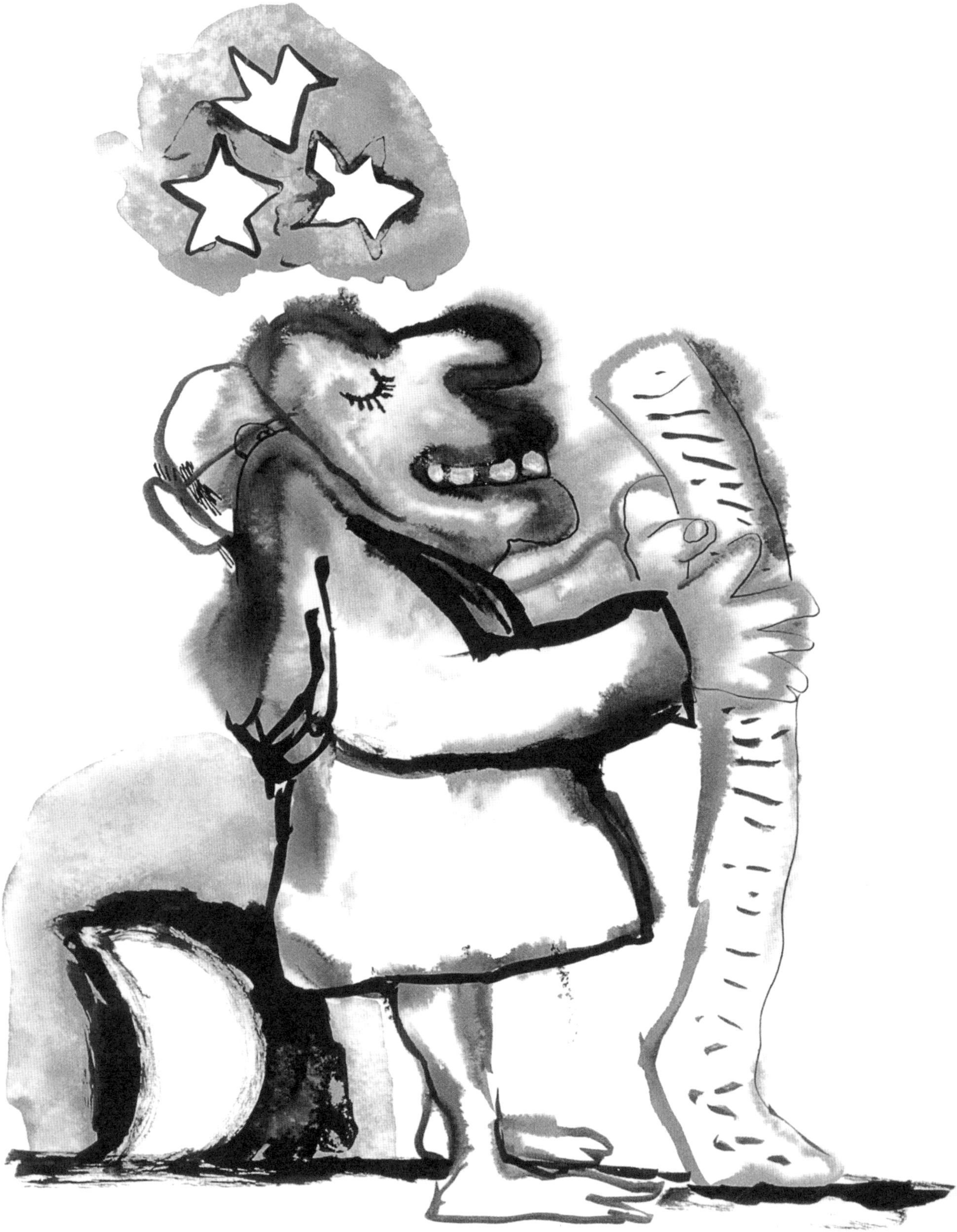

"Minha cara,

eu te criei porque o mundo estava meio vazio, e o homem, solitário. O Paraíso era perfeito e, portanto, sem futuro. As árvores, ninguém para criticá-las; os jardins, ninguém para modificá-los; as cobras, ninguém para ouvi-las. Foi por isso que eu te fiz. Ele nem percebeu e custará os séculos para percebê-lo. É lento, o homenzinho. Mas, hás de compreender, foi a primeira criatura humana que fiz em toda a minha vida. Tive que usar argila, material precário, embora maleável. Já em ti usei a cartilagem de Adão, matéria mais difícil de trabalhar, mais teimosa, porém mais nobre. Caprichei em tuas cordas vocais, poderás falar mais, e mais suavemente. Teu corpo é mais bem-acabado, mais liso, mais redondo, mais móvel, e nele coloquei alguns detalhes que, penso, vão fazer muito sucesso pelos tempos a fora. Olha Adão enquanto dorme; é teu. Ele pensará que és dele. Tu o dominarás sempre. Como escrava, como mãe, como mulher, concubina, vizinha, mulher do vizinho. Os deuses, meus descendentes; os profetas, meus *public relations*; os legisladores, meus advogados; proibir-te-ão como luxúria, como adultério, como crime, e até como atentado ao pudor! Mas eles próprios não resistirão e chorarão como santos depois de pecarem contigo; como hereges, depois de, nos teus braços, negarem as próprias crenças; como traidores, depois de modificarem a Lei para servir-te. E tu, só de meneios, viverás.

Nasces sábia, na certeza de todos os teus recursos, enquanto o Homem, rude e primário, terá que se esforçar a vida inteira para adquirir um pouco de bens que depositará humildemente no teu leito. Vai! Quando perguntei a ele se queria uma Mulher, e lhe expliquei que era um prazer acima de todos os outros, ele perguntou se era um banho de rio ainda melhor. Eu ri. O homem é um simplório. Ou um cínico. Ainda não o entendi bem, eu que o fiz, imagina agora os seus semelhantes.

Olha, ele acorda. Vai. Dá-me um beijo e vai. Hmmmm, eu não pensava que fosse tão bom. Hmmmm, ótimo! Vai, vai! Não é a mim que você deve tentar, menina! Vai, ele acorda. Vem vindo para cá. Olha a cara de espanto que faz. Sorri! Ah, eu vou me divertir muito nestes próximos séculos!"

P.S. Este discurso do Todo-Poderoso está sendo divulgado pela primeira vez em todos os tempos, aqui neste livro. Nunca foi publicado antes, nem mesmo pelo seu órgão oficial, A BÍBLIA.

O resto da história os leitores conhecem melhor do que eu.
Seduzido por Eva e pela Serpente, Adão não resistiu e comeu a maçã.

QUEM?
EU?

Logo que comeram a maçã, por um fenômeno facilmente explicável, Adão e Eva descobriram o Pudor. Perceberam que estavam nus.

Correram até seu armário desembutido, pegaram algumas folhas de parreira, e se vestiram rapidamente.

P.S. Ao contrário do que pensam os mais jovenzinhos, o unissex não é um passo em direção ao futuro. É uma volta às origens.

Parêntesis

O SEXO QUE NÓS PERDEMOS OU POR QUE NÃO ESCOLHERAM OUTRO FRUTO?

Por mais que os homens de batina tentem tapear, o fato é que a maçã, na História Sagrada, significa essa palavra por tanto tempo oculta, escamoteada, falada em voz baixa ou dita na língua do P pelas crianças, quando há adultos por perto: Se-pé-qui-pi-ssô-pô. SEXO. Agora, perguntamos nós que tanto entendemos do assunto: por que a maçã, de tantos frutos insípidos provavelmente o mais insípido, foi servir de símbolo e, pior, modelo, para coisa tão fundamental? Numa enquete que fiz aqui no meu estúdio, a votação foi unânime: minhas trinta e oito secretárias (em sua maioria visitantes) declararam peremptoriamente que, se estivessem no Paraíso em lugar de Eva, e fossem tentadas por uma maçã, não teria havido expulsão, nem ódios, nem guerras e todas essas coisas que dizem originadas pelo gesto de desobediência do protocasal. Evidentemente devia haver outras frutas mais saborosas e mais suculentas no Paraíso.

E, ao pensar nisso, choro de frustração, imaginando o sexo que nós perdemos. Sim, irmãos, pois se a maçã, tão sem gosto, corresponde ao sexo que temos, vocês já imaginaram o sexo que teríamos se a primeira dama nos tivesse tentado com um tamarindo bem maduro, desses de dar água na boca?

Poderão objetar os mais espertinhos que o sexo — i.e., o fruto — não foi escolhido por Eva, mas determinado a priori pelo Todo-Poderoso, que exigiu a seus filhos não tocarem *naquela* árvore, porque exatamente *aquela* árvore era a — ai! — perdição. Mas está visto que o Senhor, que fez tantas com seus filhos terrenos, tapeou-os aí também: todas as árvores do Paraíso eram igualmente sexuais. Proibindo a macieira, Ele levou o homem, fatalmente, a escolher o pior dos sexos. Dizem que em Marte, planeta melhor aquinhoado pelo Senhor, o sexo é algo de realmente sensacional, múltiplo e prolongado. Sem falar em Vênus, onde, sabe-se, o homem e a mulher, quando foram expulsos de lá, já tinham comido de todas as árvores, sem contar que misturaram sucos, fizeram saladas de frutas, batidas, molhos, e ainda partiram para experiências mais complexas convidando todos os animais a participar do desrespeito geral, em sodomias inimagináveis. Deve-se a essa extraordinária previdência e espírito experimental dos primeiros seres de Vênus a fantástica variação e a incrível intensidade dos prazeres sexuais que possuem hoje os habitantes daquele notável planeta, fabricantes, aliás, de anticoncepcionais de eficiência inigualável.

Furioso com o desrespeito de suas criaturas (furioso pra show, furioso pras arquibancadas, pois, sendo Onisciente, Previdente e Onipresente, Deus sabia muito bem o que Adão e Eva iam fazer), o Todo-Poderoso apontou-lhes imediatamente o olho-da-rua, depois de desejar aos dois coisas que não se desejam nem ao pior inimigo, como ter filhos sem os processos da técnica moderna e ganhar o pão com o suor do próprio rosto.

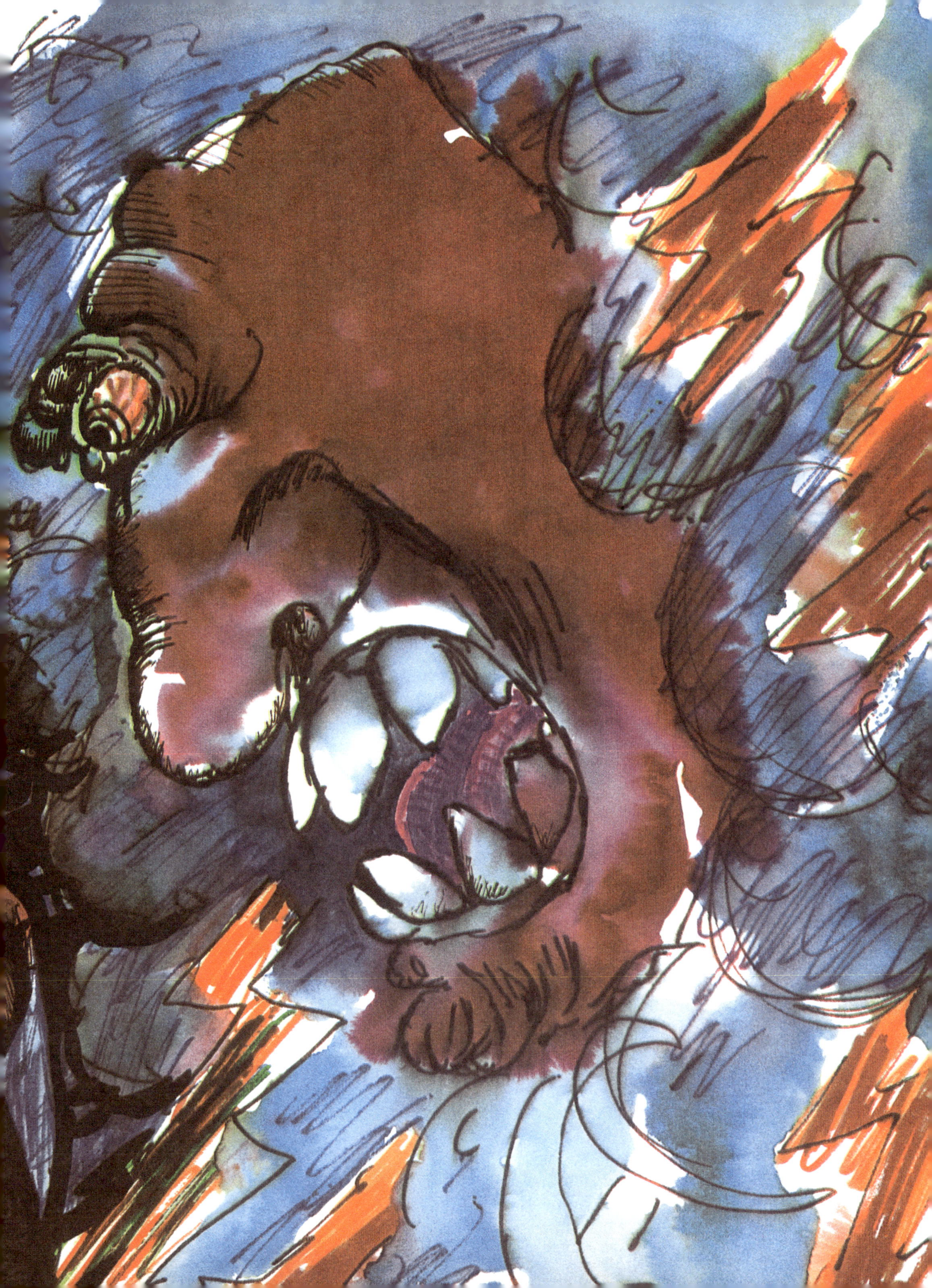

Outro (pequeno) parêntesis

Os leitores perguntarão como Deus descobriu, tão rapidamente, a desobediência de Adão e Eva. Onisciência à parte, ele só poderia descobrir o Pecado alguns meses depois, quando Eva demonstrasse os primeiros enjoos da gravidez ou, horror!, através da denúncia de algum dos animais presentes, um macaco puxa-saco-dedo-duro. Mas, embora pareça inacreditável, quem se denunciou foi o próprio Adão. Passado o orgasmo, lhe veio um sentimento que não tinha antes: culpa. De modo que, quando Deus chama por ele, ele demora em aparecer. O Senhor pergunta o motivo da demora e ele, sem querer, se trai: "É que quando o Senhor me chamou eu estava nu e fui me vestir". Deus então trovejou: "Quem te disse que você estava nu? Será que você comeu da...?". Aí Adão confessou, botou a culpa em Eva: Eva botou a culpa na Serpente e foi aquela cena baixa. Mas Deus expulsou-os, em verdade, não por terem comido *aquele* fruto, mas por temer que viessem a comer o fruto de outra árvore, a Árvore da Vida, que os teria tornado imortais. Segundo os teólogos e psicanalistas, o Senhor agiu motivado menos pela ira do que pela ansiedade ante a hipótese de ser igualado: realmente um estranho sentimento de insegurança para um Deus Todo Onipotente.

E lá se foram Adão e Eva, expulsos daquela residência magnífica, sem receber sequer aviso-prévio, sem que Deus demonstrasse o menor respeito pelas leis (naturais?) do inquilinato.

Toda desvantagem porém, como lá diz o outro, tem sua vantagem: Adão e Eva, que tinham descoberto, através da maçã, os prazeres do sexo, expulsos do Paraíso perceberam imediatamente que, sem a maçã, a coisa era muito melhor.

Parêntesis

A LESTE DO ÉDEN

Todos os animais pensaram que aquilo fosse apenas uma brincadeira do Todo-Poderoso. A tal Graça Divina. Ninguém esperava que Ele fosse expulsar seus filhos diletos apenas porque tinham comido a porcaria de uma maçã bichada. Mas não. Botou mesmo o casal pra fora e nunca mais deixou que voltasse, tendo até, como lá conta a Bíblia, colocado na entrada do Paraíso um anjo com uma bruta espada de fogo na mão, com ordem de não deixar os dois entrar.

ESSE ANJO FOI O PRIMEIRO LEÃO-DE-CHÁCARA DA HISTÓRIA DA HUMANIDADE

Desse modo, amigos, termina nossa simples história, com Adão e Eva fora do Paraíso, colocados eternamente diante do conflito da busca de uma reintegração ou da descoberta de uma nova identidade.

OS PRIMEIROS ABUTRES

Adão e Eva foram morar a leste do Éden e tiveram três filhos: Abel, Caim e Set.

Abel e Set eram muito bem acomodados, mas Caim passava as noites num bar chamado *SOMORRA* (na esquina de Sodoma com Gomorra), e foi o inventor da Juventude Transviada.

SOCORRO!
ASSASSINO!

Num dia em que Abel e Caim foram levar oferendas
ao Todo-Poderoso, este esnobou os presentes de Caim,
para puni-lo pela sua boêmia. Porém, assim que o Padre
Eterno voltou as costas, Caim resolveu lhe dar uma lição e,
demonstrando sua extraordinária criatividade, inventou ali
mesmo, numa operação única, o ciúme, o assassinato e o
fratricídio. Sem contar que seu gesto deu ainda origem à
primeira exegese político-social, declarando os historiadores
que o crime de Caim personifica a luta milenar entre as
civilizações agriculturais e pastorais no Oriente Médio.
Pois, como se sabe, Abel cuidava dos rebanhos, atividade,
na época, classe A, enquanto Caim ficava no arado, trabalho
naquele tempo sem nenhum status.

Mas o mais espantoso é a reação de Caim, depois de organizar o primeiro esquadrão da morte. Possuidor de uma audácia peculiar, que os jovens de sua idade só viriam a copiar muitos milhares de anos depois, quando o senhor lhe perguntou: "Caim, Caim, que fizeste de teu irmão?", ele, que acabara de inaugurar o cemitério local, respondeu aos berros: "E por acaso eu sou o guarda do meu irmão, pô?". Era de um atrevimento realmente precursor.

E foi assim, irmãos, que o Homem e a Mulher perderam o Paraíso, por causa do Pecado Original.

Como eu não canso de repetir, do Pecado antigamente chamado Original. Mas que hoje, na verdade, de original só tem mesmo o estilo de cada um.

De qualquer forma, porém, dentro e fora do Paraíso, o Mundo não foi realmente uma criação sensata, feita com estudo e cálculo. Tem lá seus momentos de magnífica inspiração, tem lá seus pores do sol, suas auroras, mas o Senhor, de modo geral, fez tudo precipitadamente, num terrível exemplo de improvisação, de deixa-que-é-mole, de jeitinho, que até hoje os urbanistas, prospectistas e futurólogos continuam imitando. No caso do Todo-Poderoso, porém, não há qualquer justificativa. Ninguém lhe deu prazo, ninguém lhe encomendou nada, não tinha data de entrega.

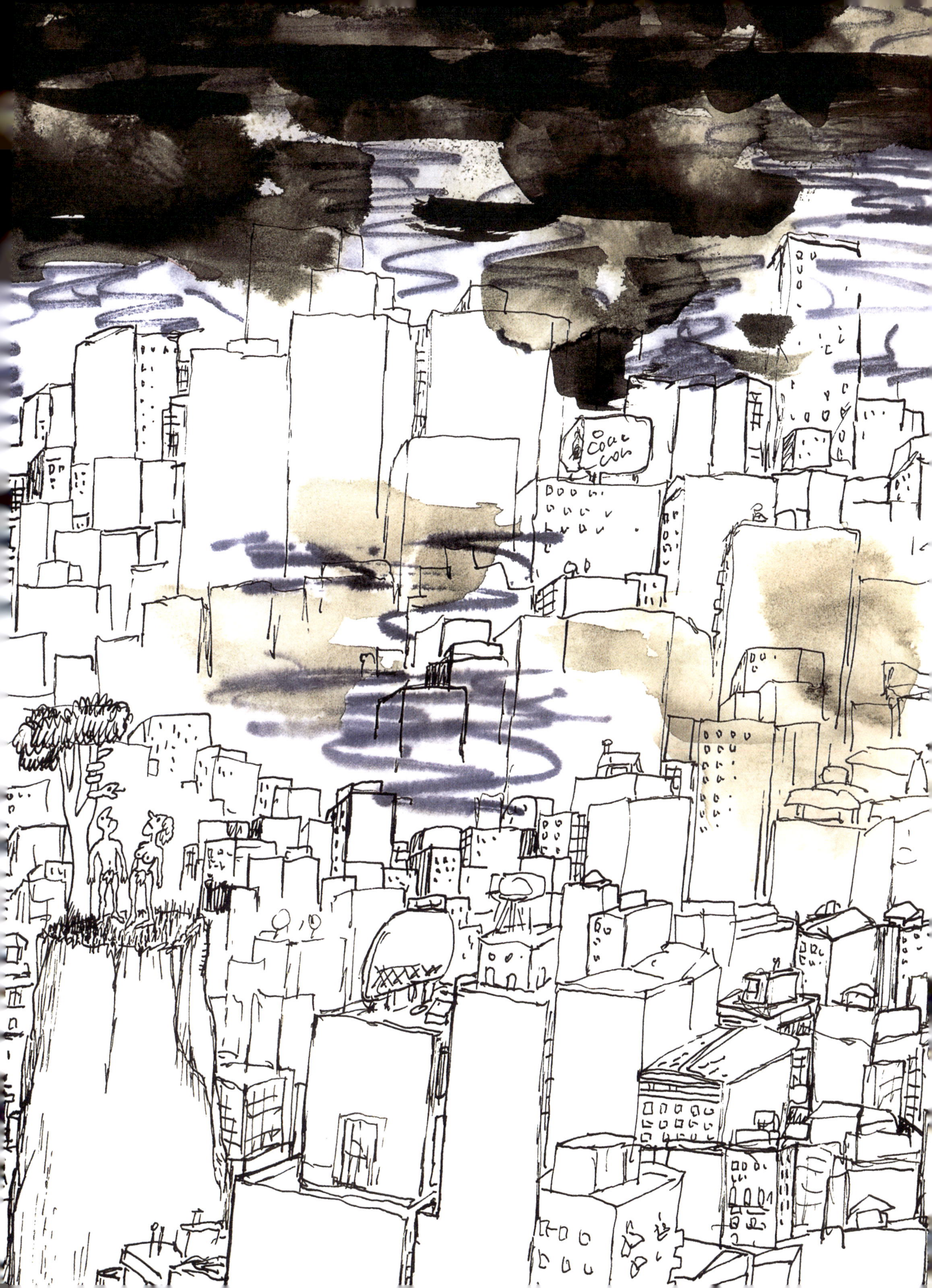

Essa pressa leviana
Demonstra o incompetente:
Por que fazer o Mundo em sete dias
Se tinha a Eternidade pela frente?

O AUTOR →

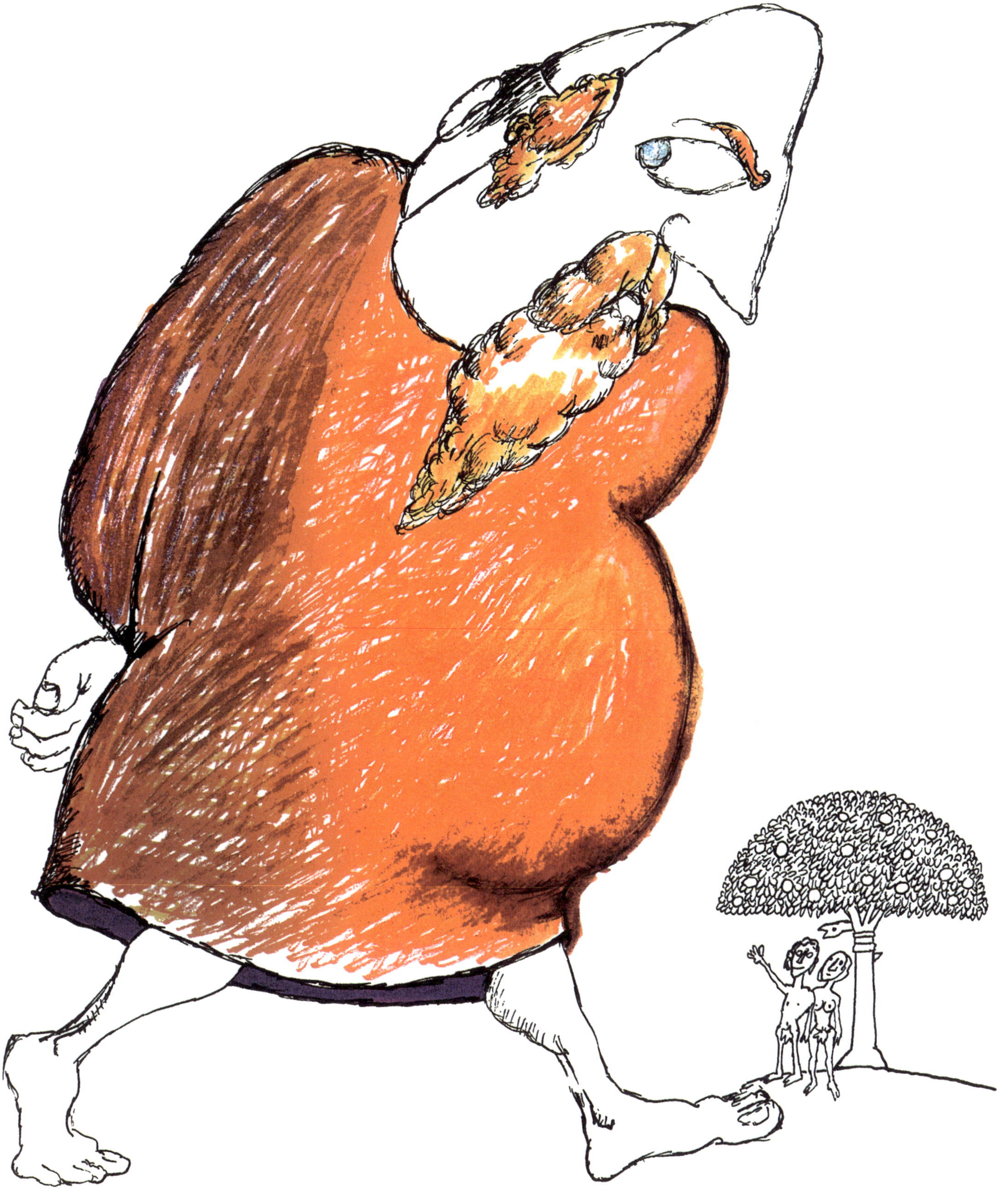

FIM

Esta é a verdadeira história do Paraíso

na versão de

Adão Iturrusgarai, Allan Sieber, Angeli, Caco Galhardo, Eduardo Medeiros, Fabio Cobiaco, Gustavo Duarte, João Montanaro, Leonardo, Luiz Gê, Luli Penna, Orlando, Pedro Franz, Rafael Campos Rocha, Rafael Coutinho, Rafael Sica, Reinaldo, Spacca

¿FAQWA?
FREQUENTLY ASKED QUESTIONS WITHOUT ANSWER

SE DEUS TIVESSE CRIADO EVA COM A CLAVÍCULA DE ADÃO ELA SERIA ANÃ?

AO SEREM EXPULSOS DO PARAÍSO, POR QUE ADÃO E EVA NÃO RECLAMARAM AO PROCON?

POR QUE A ÁRVORE DO CONHECIMENTO DO BEM E DO MAL NÃO ERA UMA JAQUEIRA?

OK... DEUS CRIOU O MUNDO, OS COMPUTADORES E O SORVETE DE "DULCE DE LECHE"... *MAS QUEM CRIOU DEUS?

*DA PERSICCO DE BUENOS AIRES.

ADÃO ITURRUSGARAI

O PARAÍSO INCLUÍA INTERRUPTOR "ON-OFF" PARA O CÉREBRO?

INCLUÍA TAMBÉM CERVEJA GUINNESS ENCANADA?

ISENÇÃO TOTAL DE IMPOSTOS E ABOLIÇÃO DAS SEGUNDAS-FEIRAS?

POR QUE O CRIADOR NÃO FEZ OS PORCOS COM TODOS OS TIPOS DE TOMADA?

SERIA O INFERNO O PARAÍSO DOS SADOMASOQUISTAS?

SE O CRIADOR DO MUNDO FOSSE O DEUS MILLÔR FERNANDES, COMO TUDO SERIA?

ADÃO ITURRUSGARAI

A Verdadeira História do Paraíso

I - Tinha uma árvore no paraíso.

II - Tinha uma cobra também.

III - O Adão bocó morava lá sozinho.

"CADÊ O PAGODE?"

"DEUS É DEZ!!"

IV - Mas isso durou pouco tempo.

UMA VERDADEIRA MEGERA →

"TROCA ESSA LÂMPADA, ADÃO. AGORA!!"

ALLAN SIEBER

V - Deus não tinha inventado o baralho nem a pornografia e estava um tanto quanto entediado.

"Ô casalzinho!! De onde saiu essa gente?"

VI - Brotou um limão na árvore.

VII - Adão fez uma caipirinha.

VIII - Deus odeia caipirinha com adoçante e botou todo mundo pra correr.

IX - A cobra vendeu a história pro Spielberg.

"Um filme pra família."

FIM

©Allan Sieber - 2014

ANGELI

ANGELI

GRANDES OBRAS EM HOMENAGEM

PROGRESSO ERA MARAVILHOSO QUANDO NÃO PRO-
ADULTÉRIO É
O MERCAD
ACASO
MORRER É UMA COISA
GRE

"A FONTE INESGOTÁVEL

MILLÔR FERNANDES.

"...alegro do... uma besteira de... supremo eu só conheço... que se deve deixar sempre pra depois... orgasmo... Deus... de frango... canto... de ideias."

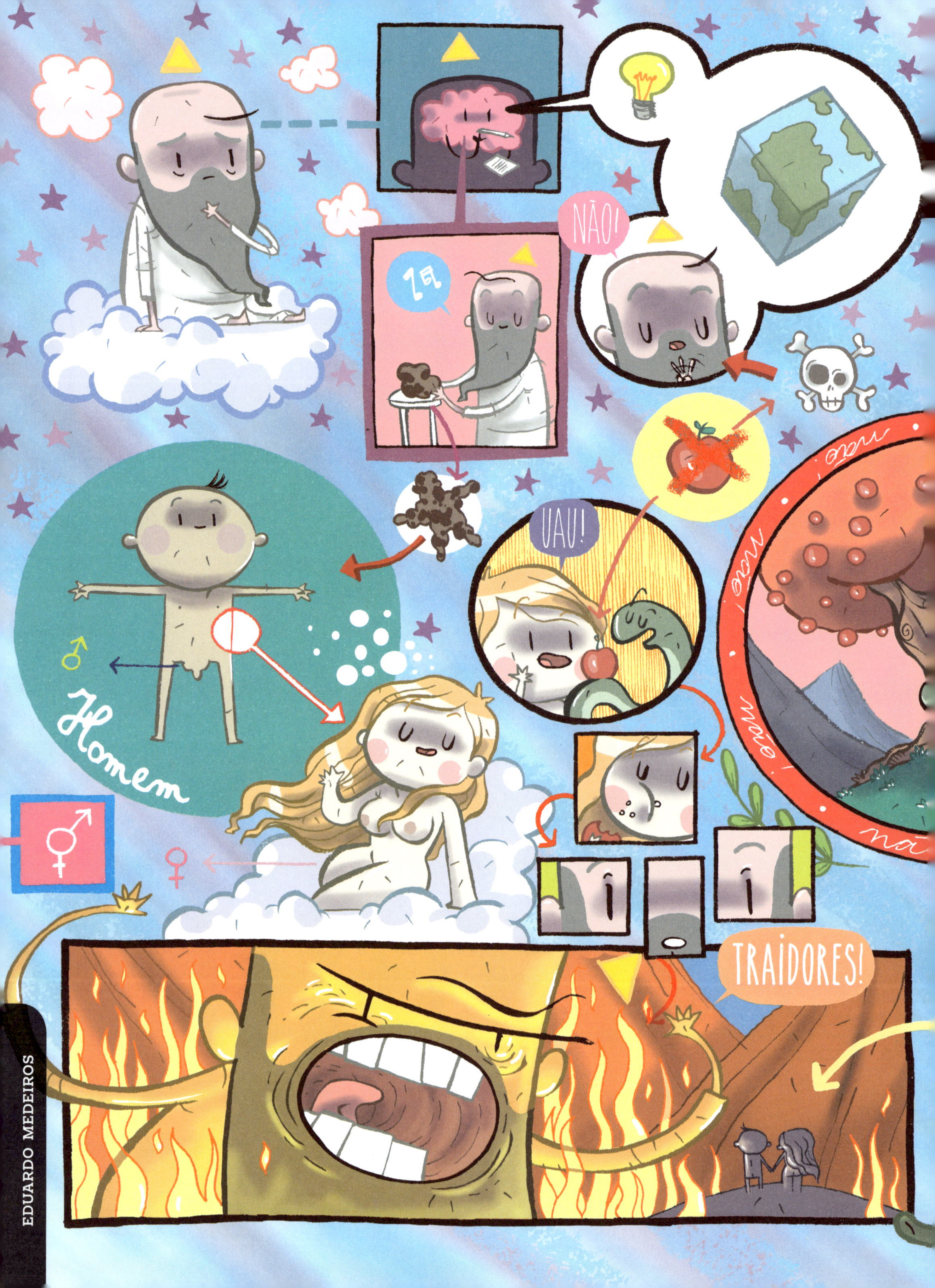
NÃO!
não! não! não! não! nã
UAU!
Homem
TRAIDORES!

PARAÍSO
VIP
DEUS
não! não! não! não! não!
HA HA HA HA HA HA HA
FORA
ABEL
CAIM
SET
TIM TIM
felizes para sempre • felizes para sempre • felizes para sempre
Adão e Eva
MEDEIROS' - 2014 -

"Um dia... Deus se levantou naquela imensidão desolada e resolveu recontar a história do Paraíso."

FABIO COBIACO

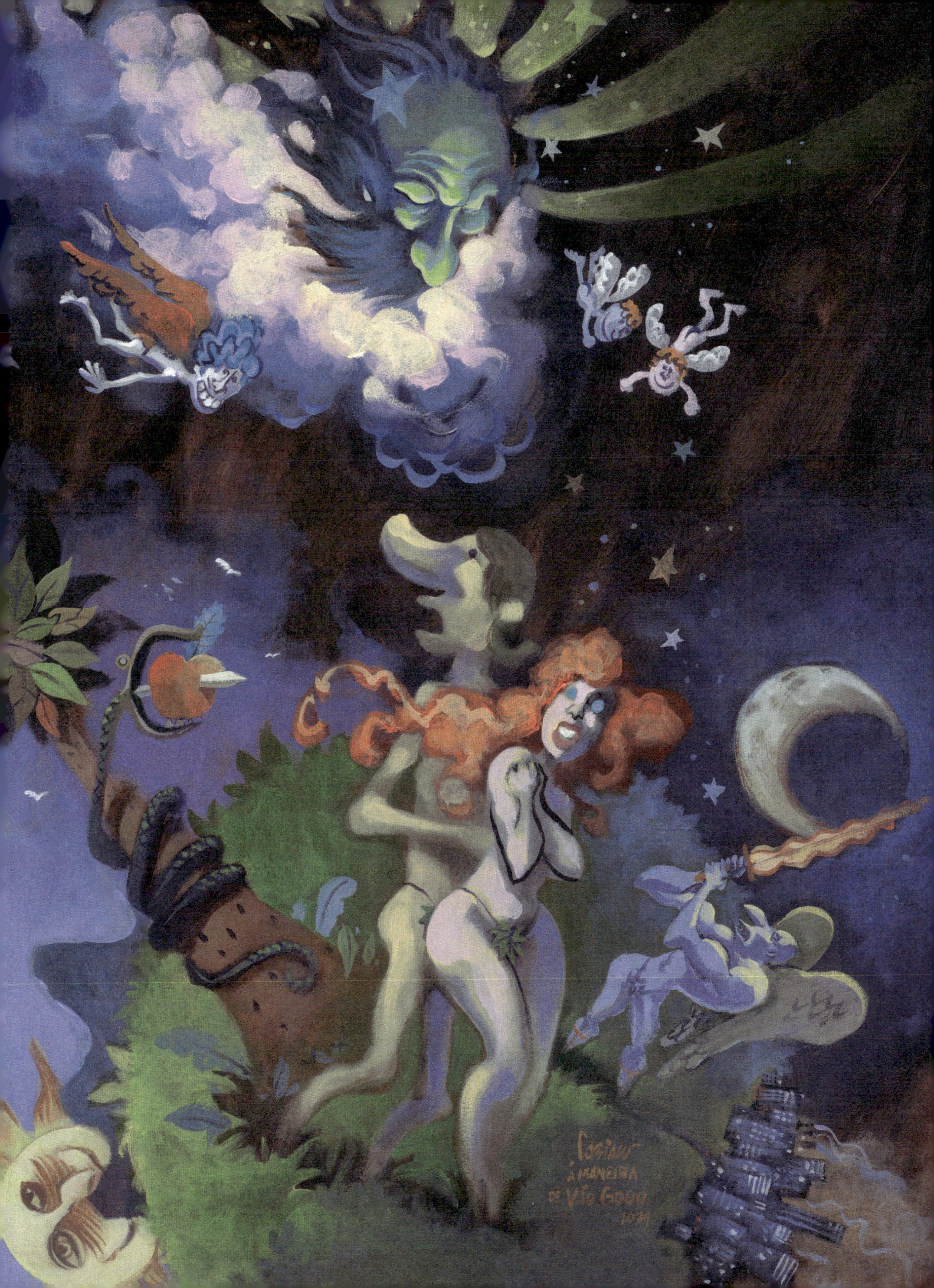
À MANEIRA

6º dia

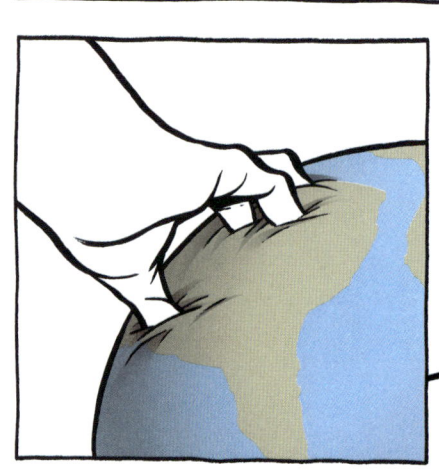

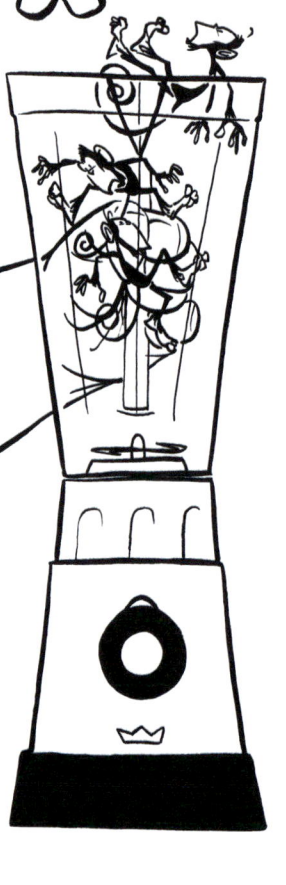

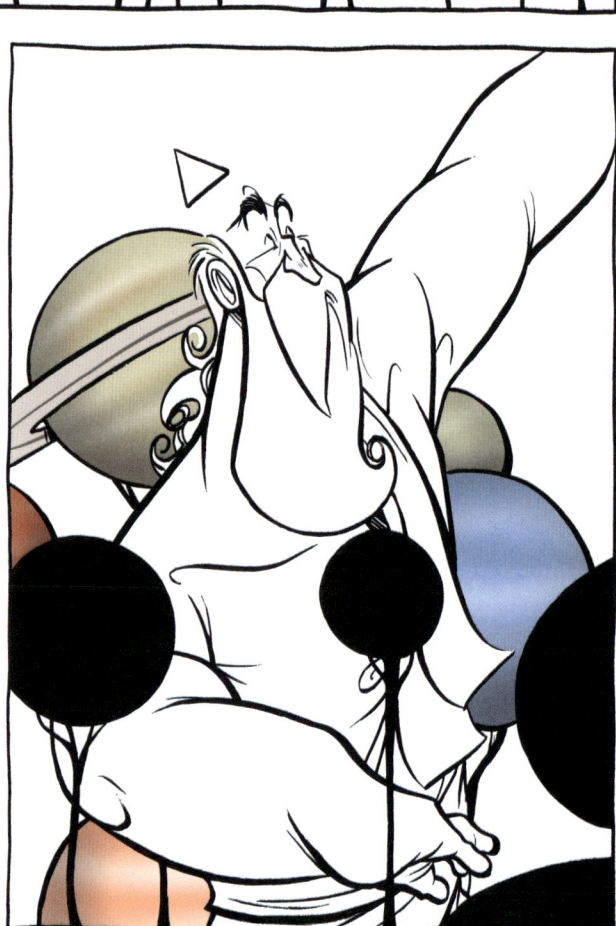

GUSTAVO DUARTE

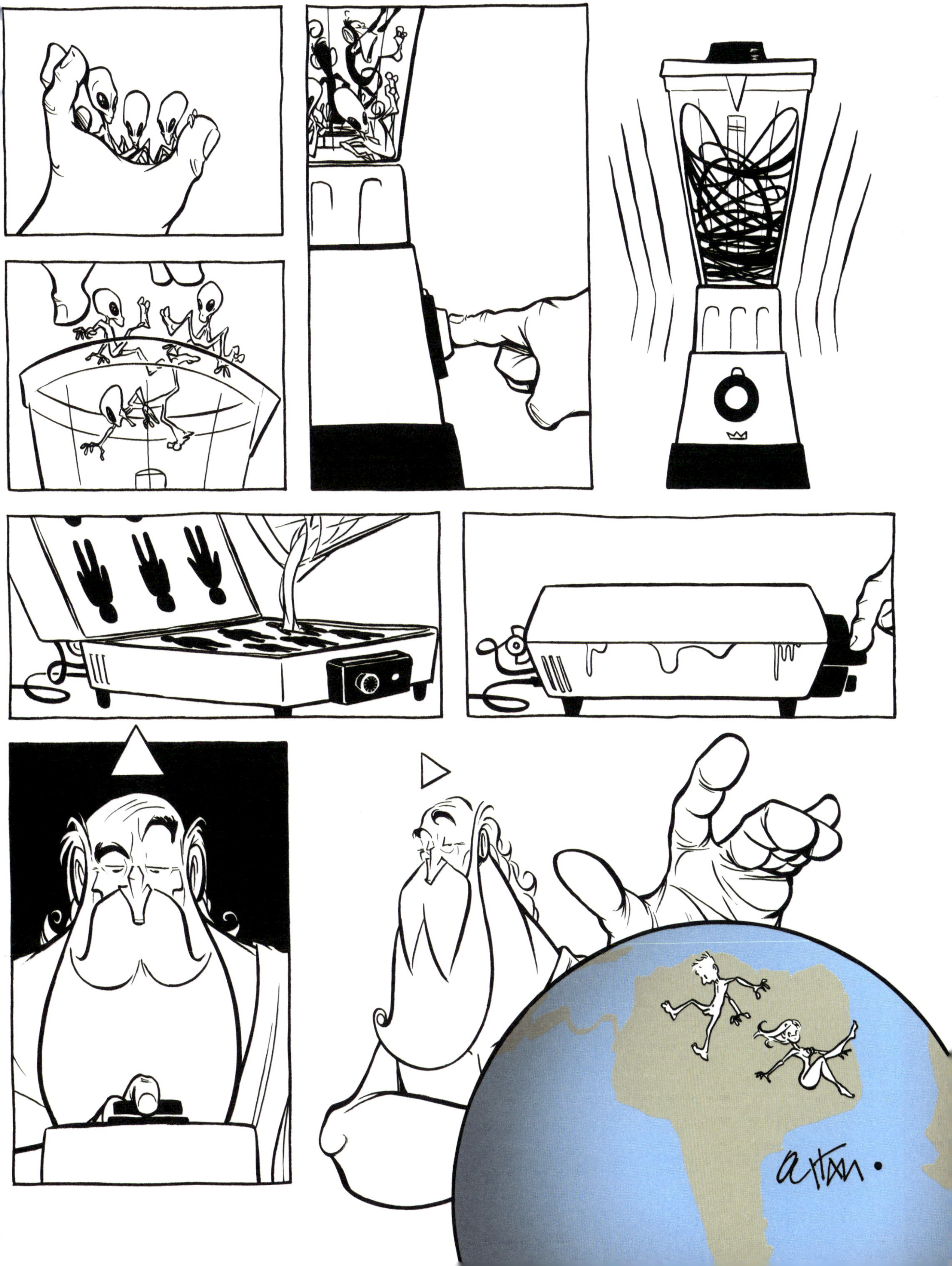

ADÃO

Z

ADÃO, ACORDA QUE EU FIZ UM TRECO BEM LEGAL!!!

UH?

Dei o nome pra ela de "EVA". Acho que ela odiou...

Quer dizer, ela não pode falar que é por causa da minha mãe ou que dou esse nome para todas.

UH UH

AH! TIVE QUE PEGAR UMA COSTELA SUA, ENTÃO CUIDADO NA HORA DE IR AO BANHEIRO...

AGORA VAI SE ARRUMAR E ME ENCONTRA DEPOIS.

!

E Deus criou o Blind Date...

É, TAMBÉM ACHO QUE VOCÊ MERECE MAIS BANANAS

AQUI, ADÃO, ESSA É A MULHER! FIZ PROCÊ, PRA VOCÊ SER DELA.

DIVIRTAM-SE

E os dias se passaram. Adão criara o "bobo apaixonado" e Eva criara a "Friend Zone" pra ele.

Deus teve a ideia de criar a "Comédia Romântica" mas viu que isso não era nada bom...

AH

PRA UMA COSTELA VOCÊ TEM CARNE, HEHE

E ADÃO CRIOU O BABACA...

JOÃO MONTANARO

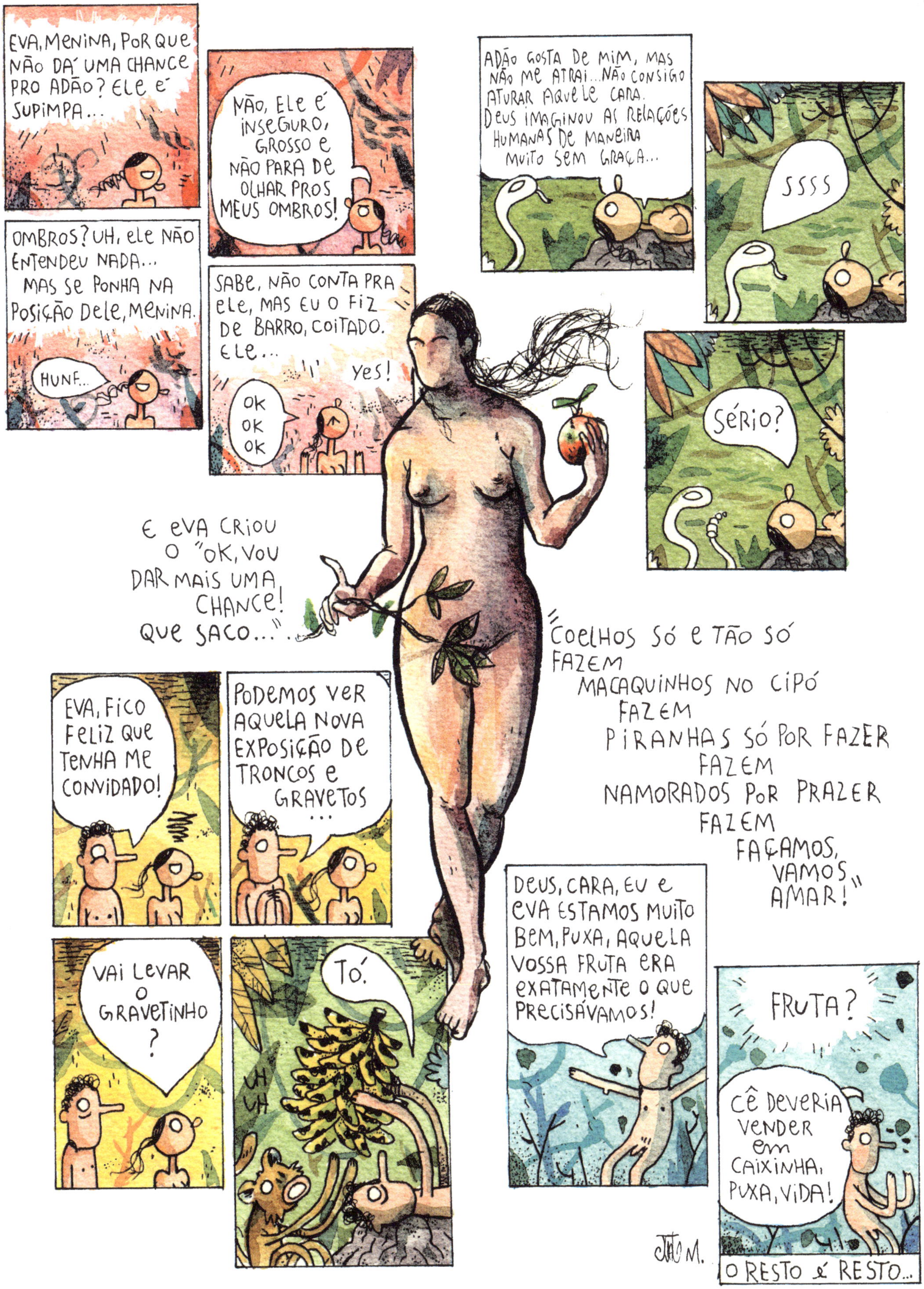
EVA, MENINA, POR QUE NÃO DÁ UMA CHANCE PRO ADÃO? ELE É SUPIMPA...
NÃO, ELE É INSEGURO, GROSSO E NÃO PARA DE OLHAR PROS MEUS OMBROS!
OMBROS? UH, ELE NÃO ENTENDEU NADA... MAS SE PONHA NA POSIÇÃO DELE, MENINA.
HUNF...
SABE, NÃO CONTA PRA ELE, MAS EU O FIZ DE BARRO, COITADO. ELE...
YES!
OK OK OK
E EVA CRIOU O "OK, VOU DAR MAIS UMA CHANCE! QUE SACO..."
ADÃO GOSTA DE MIM, MAS NÃO ME ATRAI... NÃO CONSIGO ATURAR AQUELE CARA. DEUS IMAGINOU AS RELAÇÕES HUMANAS DE MANEIRA MUITO SEM GRAÇA...
SSSS
SÉRIO?
"COELHOS SÓ E TÃO SÓ FAZEM
MACAQUINHOS NO CIPÓ FAZEM
PIRANHAS SÓ POR FAZER FAZEM
NAMORADOS POR PRAZER FAZEM
FAÇAMOS, VAMOS AMAR!"
EVA, FICO FELIZ QUE TENHA ME CONVIDADO!
PODEMOS VER AQUELA NOVA EXPOSIÇÃO DE TRONCOS E GRAVETOS...
VAI LEVAR O GRAVETINHO?
TÓ!
UH UH
DEUS, CARA, EU E EVA ESTAMOS MUITO BEM, PUXA, AQUELA VOSSA FRUTA ERA EXATAMENTE O QUE PRECISÁVAMOS!
FRUTA?
CÊ DEVERIA VENDER EM CAIXINHA, PUXA, VIDA!
O RESTO É RESTO...

ESTA é a VERDADEIRA HISTÓRIA do PARAÍSO

Deus (Criador do céu e da Terra, etc.): "Tudo começou com uma visão em que eu apareci para mim mesmo e disse..."

— Coé, tá de bobeira?

Arcanjo Gabriel (pau-mandado): Que nada, ele ainda não fazia o tipo religioso. Na época Deus era um jovem ambicioso em busca de reconhecimento.

"Como artista já demonstrava um grande talento para a onipresença."

— Eis a obra inaugural do nadismo!

— Curte poesia? (O EU E O NADA)
— Vade retro!

— Sou ou não sou?
— É!

Satanás (Príncipe das Trevas e agitador cultural): Onipresente, onipotente e unitemático... o cara era bom, só precisava de um toque.

— Se liga, brôu, quer passar a eternidade nesse seu mundinho?

"Como se vê a onisciência não passava de um mito."

— O lance é criar um público...

LEONARDO

DE REPENTE ELE ENTROU NUM FRENESI CRIATIVO E LEVOU TODO MUNDO NA ONDA.
SEMANA MUITO LOUCA, BICHO!
QUERUBINS (MASSA DE MANOBRA)
"NO GERAL A COISA TODA FOI UM GRANDE SUCESSO."
LUZ!
SOM!
ESTRELAS!
ANIMAIS!
CADÊ O RETORNO?
"APESAR DE ALGUNS EPISÓDIOS UM TANTO OBSCUROS."
HIENAS, SENHOR?
PRO MEU SHOW DE STAND UP.
"ENTÃO ELE FEZ O HOMEM."
DIZ SE NÃO É A CARA DO PAPAI!
É BOM FAZER UMA MULHER LOGO, SENHOR.
DESDE O 1º DIA ELE SÓ FALAVA NA TAL ÁRVORE DO FRUTO PROIBIDO.
ERA MAÇÃ ISSO, MAÇÃ AQUILO...
O TEMPO TODO!
ADÃO (PRIMEIRA COBAIA)
"DEPOIS, COM A EVA, A COISA PIOROU."
JÁ COMEU?
COME!
COME!
VAI COMER?
TÁ COMENDO?
"BEM, O RESTO TODOS SABEM."
A VERDADE É QUE SEM SEXO NINGUÉM COMPRAVA A HISTÓRIA.
"PORÉM, HÁ QUEM PREFIRA A VERSÃO DO MILLÔR..."
BLASFÊMIA! MINHA OBRA É ÚNICA E ORIGINAL!
QUEM É MILLÔR FERNANDES?!
E TEM MAIS, SE EU NÃO DESCANSASSE NO DOMINGO JÁ TERIA CRIADO O FRESCOBOL!!!
LEONARDO

LUIZ GÊ

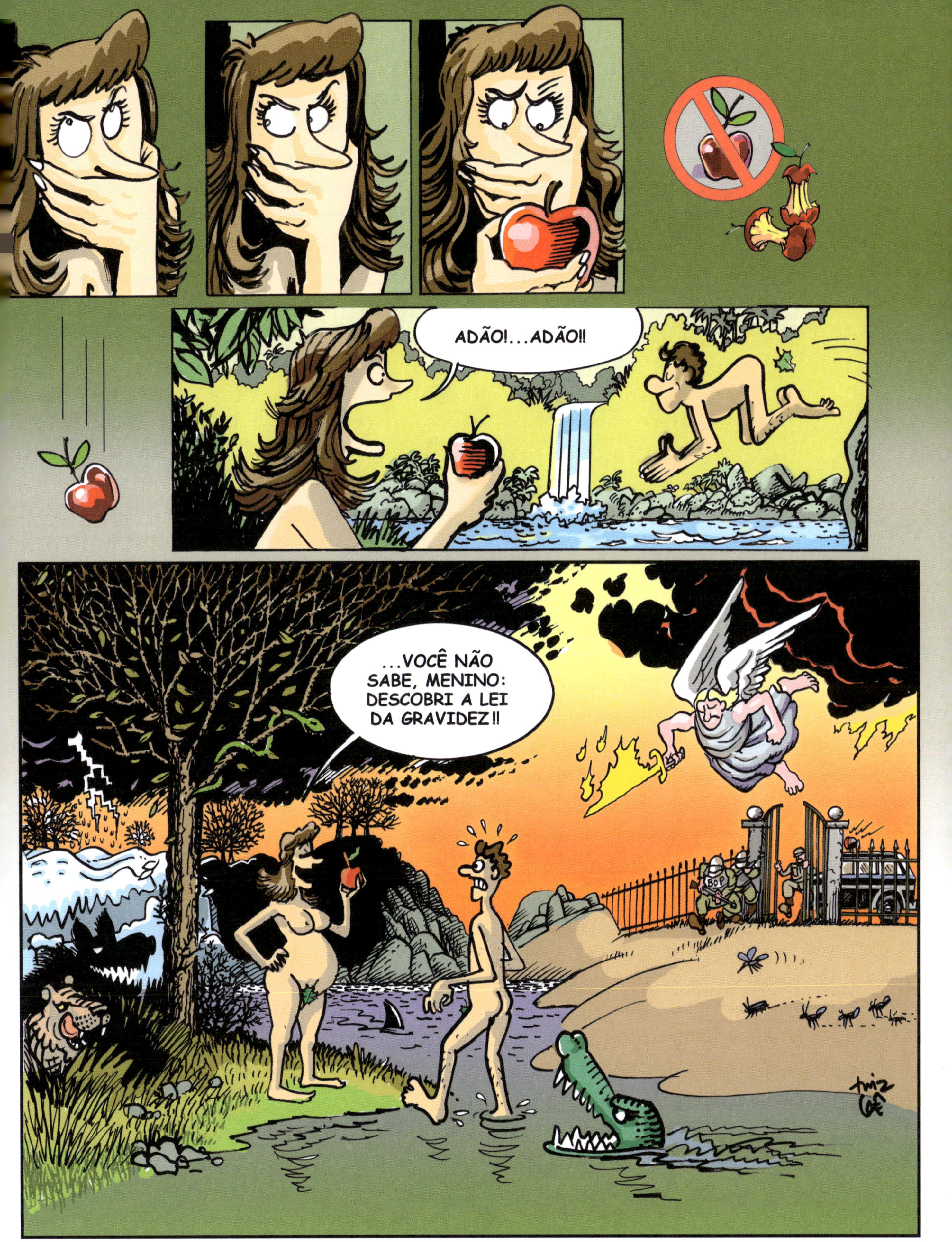
ADÃO!...ADÃO!!
...VOCÊ NÃO SABE, MENINO: DESCOBRI A LEI DA GRAVIDEZ!!

A VERDADEIRA HISTÓRIA DA VERDADEIRA HISTÓRIA DO
contada por LULI PENNA
PARAÍSO
LOUCO ESTE PÔR DO SOL
MUITO
edifício
éden
3 SUÍTES
LANÇAMENTO
sinta-se no paraíso
QUÊ?
MEU PARAÍSO? NUM FOLHETO IMOBILIÁRIO? VENDENDO SUÍTE?
EU DISSE QUE O TEXTO ESTAVA MEIO SEM SAL. VOCÊ DEVIA COLOCAR ESSES SEUS REDATORES NUM CURSO. OLHA ISTO AQUI.
OFICINA CRIATIVA DE ESCRITA
COMO APIMENTAR UM TEXTO
PODE CONTRATAR.
E NO DIA SEGUINTE...
O GÊNESIS ESTÁ EXCELENTE, CHEIO DE SOM E FÚRIA.
MAS O PARAÍSO... UM LUGAR PARADÃO COM UM CASAL FOFO VIVENDO NUMA BOA? FALTA AÇÃO, FALTA EMOÇÃO!!
PERSONAGEM
CARÁTER
ANTERIOR OU POSTERIOR
AÇÃO
PERIPÉCIA e RECONHECIMENTO
catarse
JÁ QUE O NEGÓCIO DE VOCÊS É CATEQUESE E NÃO CATARSE, ESQUEÇAM OS CLÁSSICOS.
CAPRICHEM NO BANHO DE SANGUE E PÉ NA TÁBUA.

UM ÚNICO PORÉM: NÃO MATEM NINGUÉM AINDA. COMECEM EXPULSANDO ADÃO E EVA DESSA VIDINHA MANSA E DEIXEM OS DOIS TRANSAREM ATÉ A PROLE FICAR NUMEROSA PARA MANDAR BALA NAS DESGRAÇAS.
UM POUCO MAIS TARDE...
OS CARAS PEGARAM O JEITO. TALVEZ ESTEJAM ATÉ EXAGERANDO...
DEIXE PARA SE PREOCUPAR COM ISSO QUANDO O MUNDO ENCARETAR DE VEZ. DAÍ VOCÊ ESCREVE UM NOVO TESTAMENTO E BOA.
QUANTO EU DEVO?
NADA AGORA. MAIS TARDE, QUERO 50% DAS VENDAS.
APAREÇAM!
QUE MARAVILHA A PASSAGEM DOS SÉCULOS!
ESTÁ VENDO ESSES TEÓLOGOS E FILÓSOFOS TENTANDO ENTENDER POR QUE CRIEI O MAL? NENHUM DELES VAI PASSAR NEM PERTO. O ÚNICO QUE RESOLVEU A CHARADA ESTÁ BEM ALI.
ESTE CHEIRO DE SANGUE... NEM TODOS OS PERFUMES DA ARÁBIA...
É DIFICÍLIMO CRIAR UM PERSONAGEM BONZINHO QUE SEJA INTERESSANTE.
GRANDE BALZAC!
CHEGANDO, ATÉ QUE ENFIM!
FREE SHOPPING DUSINFERNU
MENSAGEM
É O MILLÔR
PEDINDO PRA GENTE NÃO ESQUECER O WHISKY DELE.

ADÃO! VOCÊ VEM PECAR OU NÃO?

ORLANDO

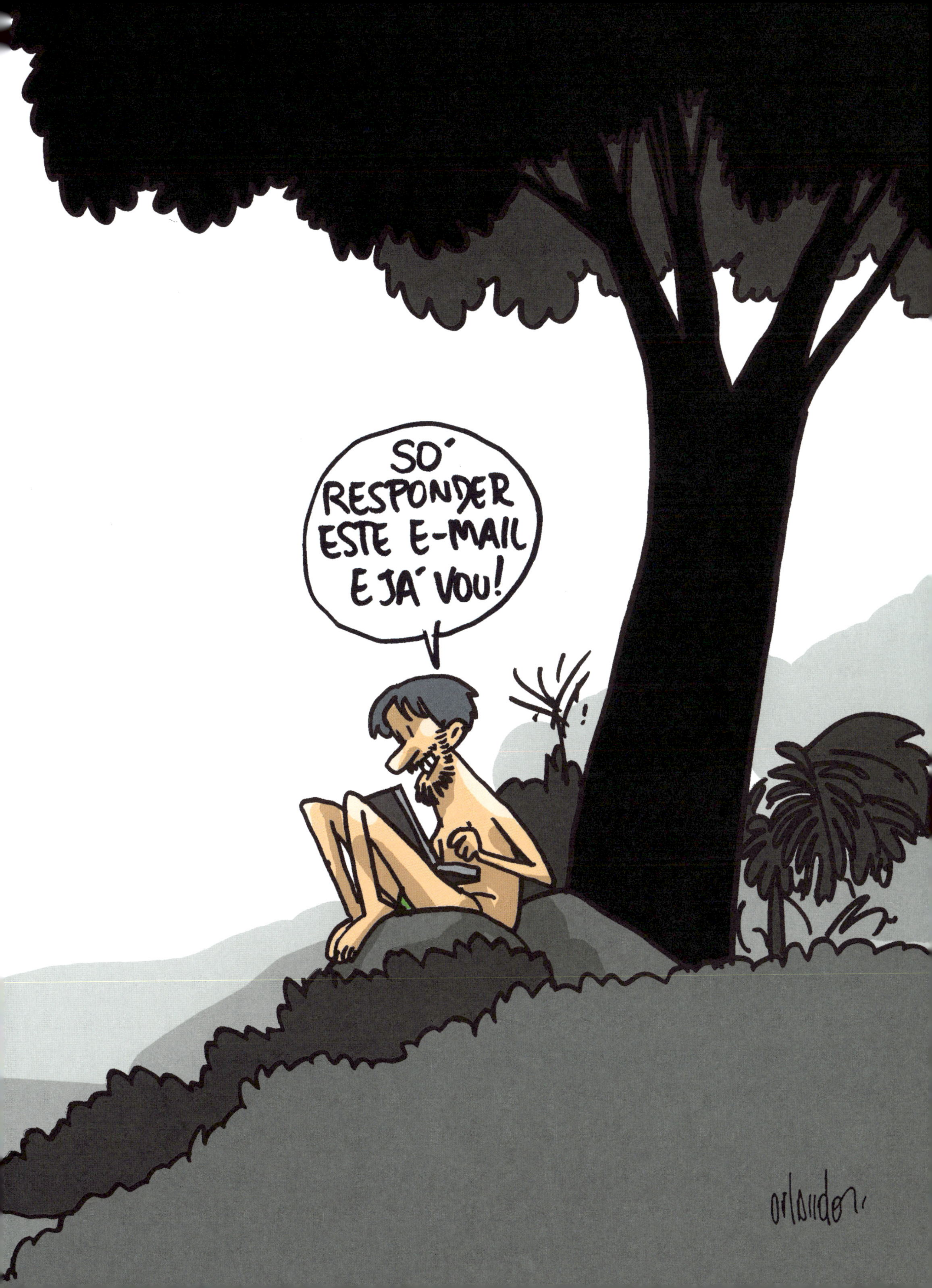
SÓ RESPONDER ESTE E-MAIL E JÁ VOU!
orlando

PRIMEIRO, HAVIA APENAS NOITE.

E, ENTÃO, HOUVE LUZ

E ONDE HAVIA FOGO, HOUVE TERRA E ÁGUA.

E SURGIRAM AS PRIMEIRAS PLANTAS E OS PRIMEIROS ANIMAIS

E APARECERAM OS PRIMEIROS HOMENS E MULHERES

E ELES DESCOBRIRAM O AMOR (E VIRAM QUE ERA BOM)

HAHAHAHAHAHA

E CONHECERAM O GOZO E O RISO

PEDRO FRANZ

E, ENTÃO,
O HOMEM
CRIOU DEUS.
IN GIRUM IMUS NOCTE ET CONSUMIMUR IGNI
E a LINGUAGEM

DEUS, ESSA GOSTOSA EM FRESCOBOL!
ESSA É A MELHOR PARTE DE SER DEUS
REALIZAR NO ALÉM OS DESEJOS DE SUAS CRIATURAS
COMO JOGAR FRESCOBOL
RCR | 2013

COMIGO

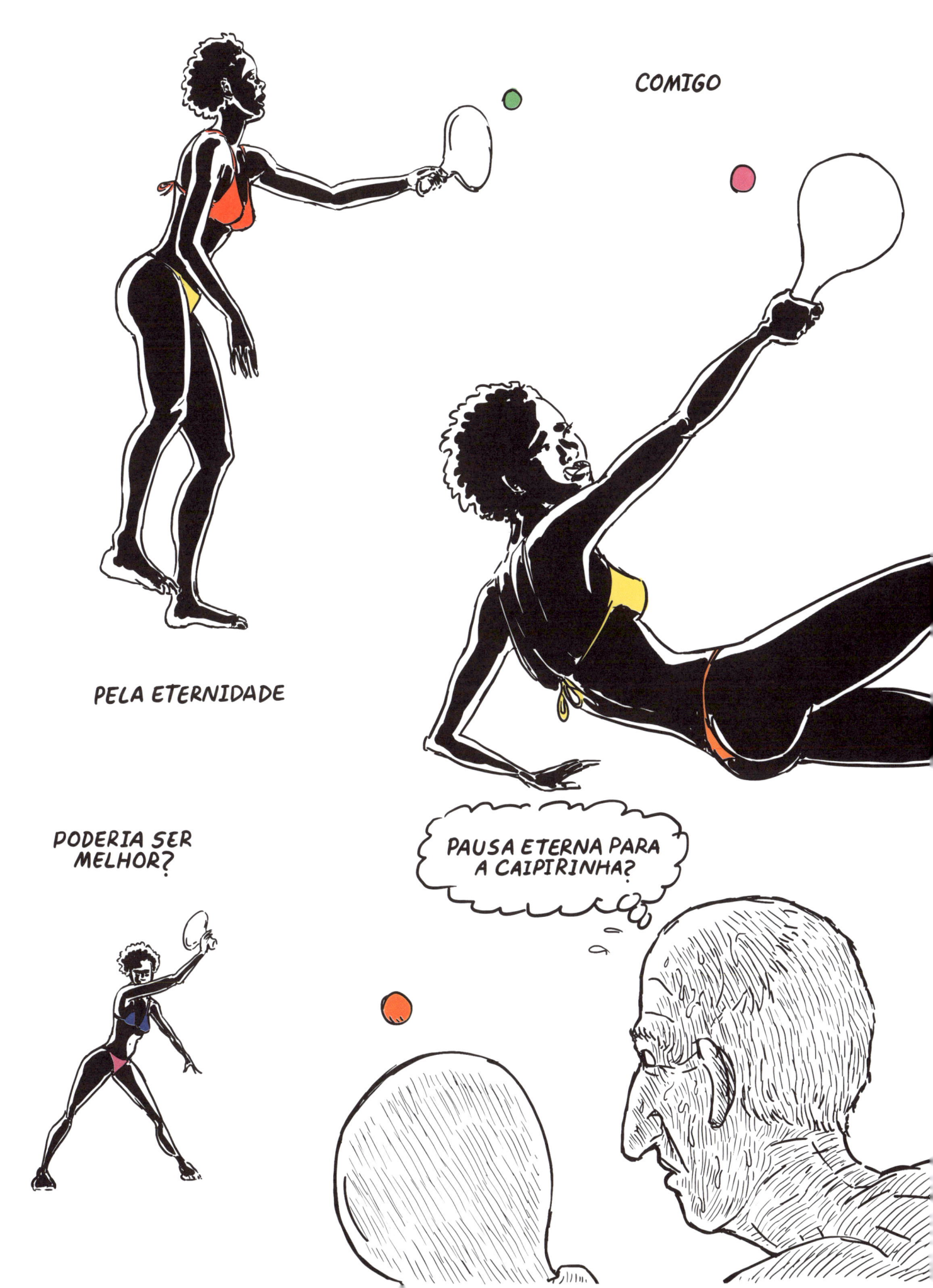

PELA ETERNIDADE

PODERIA SER MELHOR?

PAUSA ETERNA PARA A CAIPIRINHA?

RAFAEL COUTINHO

TERRA VISTA CHAPPLE SHOPS VISTA PATRIM 0800-0111406

EMBRYOLOGICAL EVIDENCE OF EVOLUTION

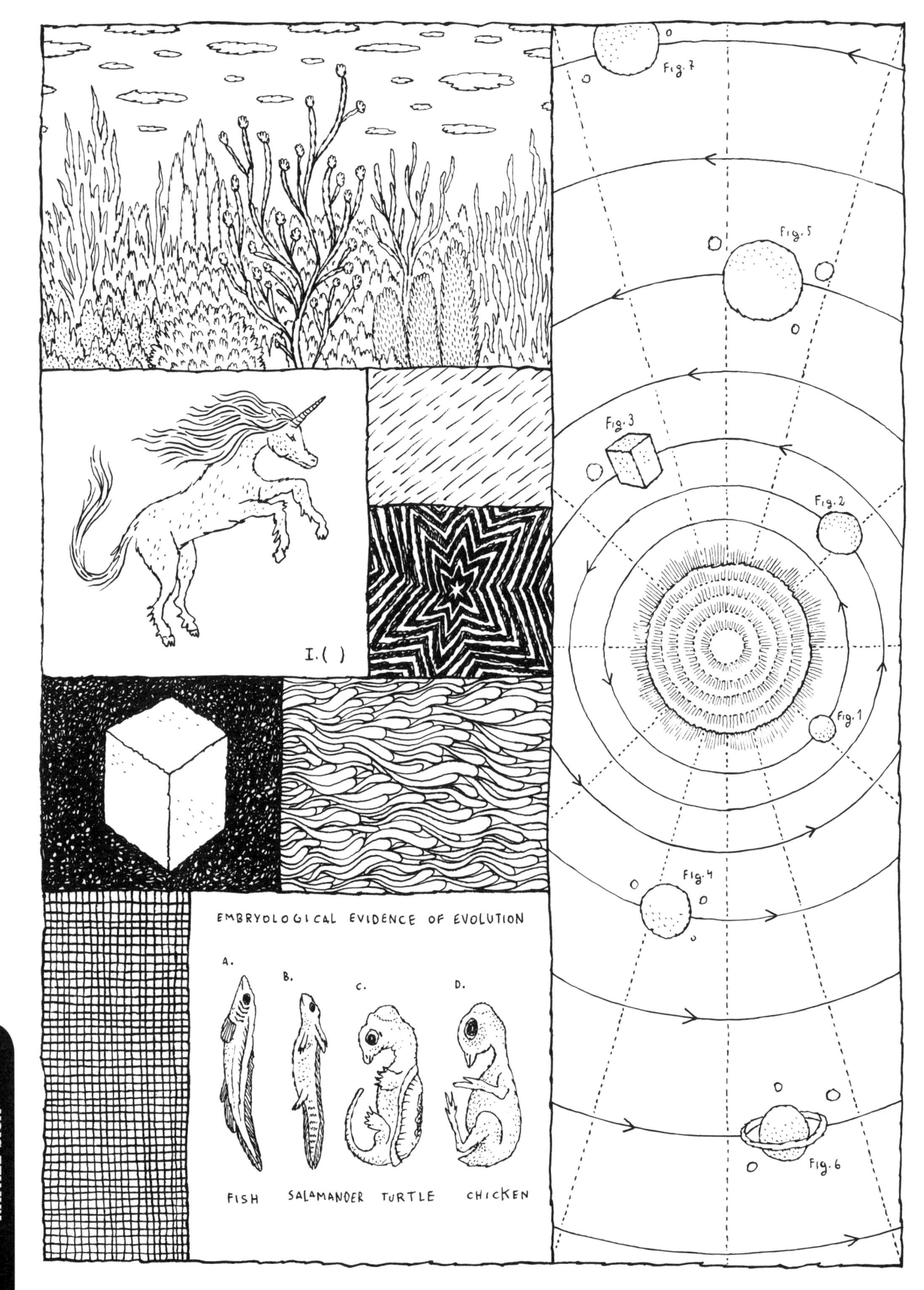

A. FISH B. SALAMANDER C. TURTLE D. CHICKEN

Fig. 1
Fig. 2
Fig. 3
Fig. 4
Fig. 5
Fig. 6
Fig. 7

I.( )

RAFAEL SICA

EMBRYOLOGICAL EVIDENCE OF EVOLUTION

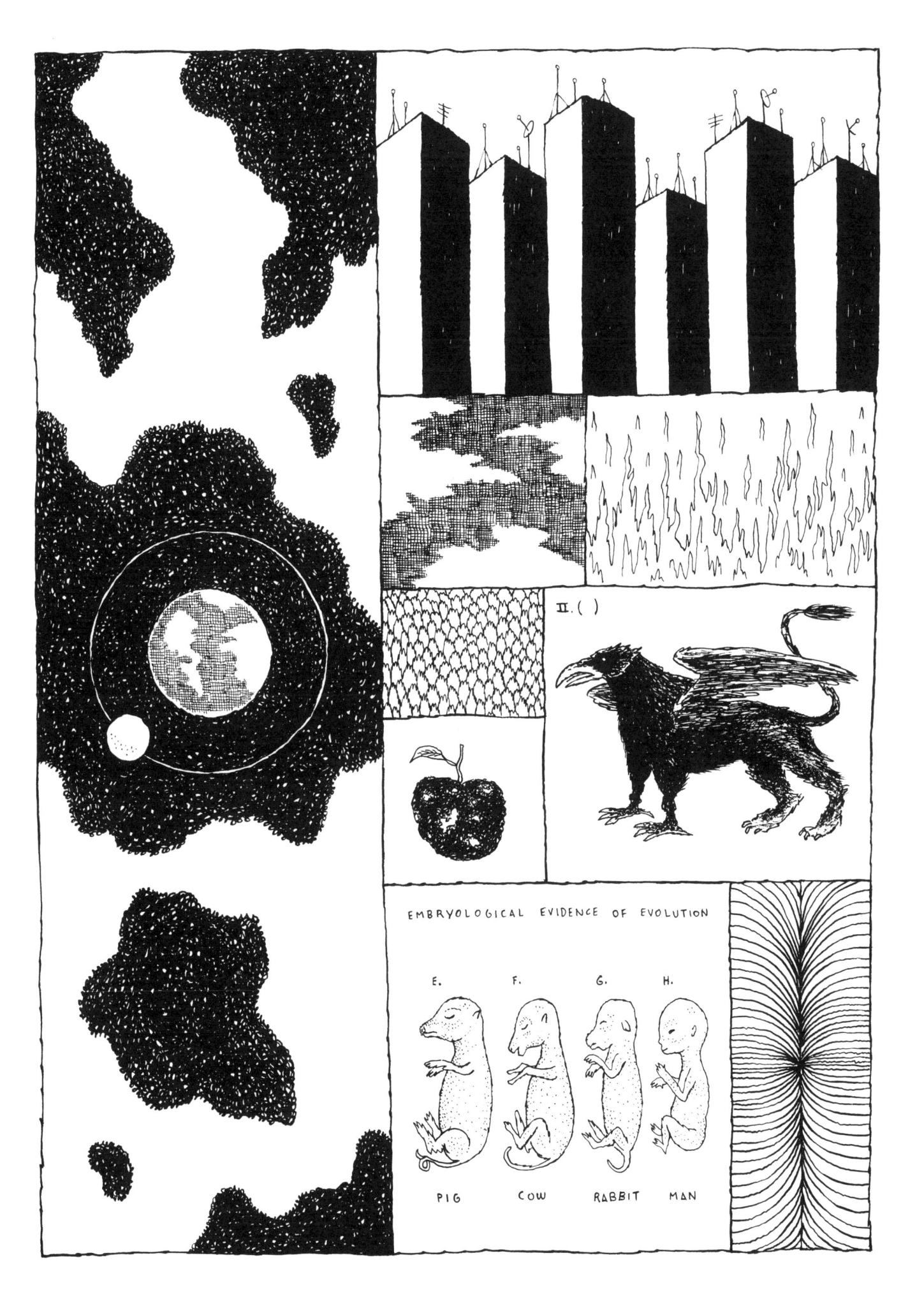

E. F. G. H.

PIG   COW   RABBIT   MAN

FIAT LUX!
FIAT LUX!!
NÃO TA FUNCIONANDO.
SERÁ QUE EU ESQUECI DE PAGAR A CONTA DE LUX?
PHOSPHOROS
FIAT LUX
TIVE UMA ETERNIDADE PRA FAZER ESSE TROÇO E DEIXEI TUDO PRA ÚLTIMA HORA...
ALÔ.
CARA, O DEADLINE É DAQUI A UMA SEMANA! VOCÊ JÁ APRONTOU O PROJETO?
TÁ BOM. TÔ TE ESPERANDO...

ELENCO

DEUS:
George Bernard Shaw

ARQUITETO:
Saul Steinberg

EVA:
Fernanda Montenegro

DIABO:
José Lewgoy

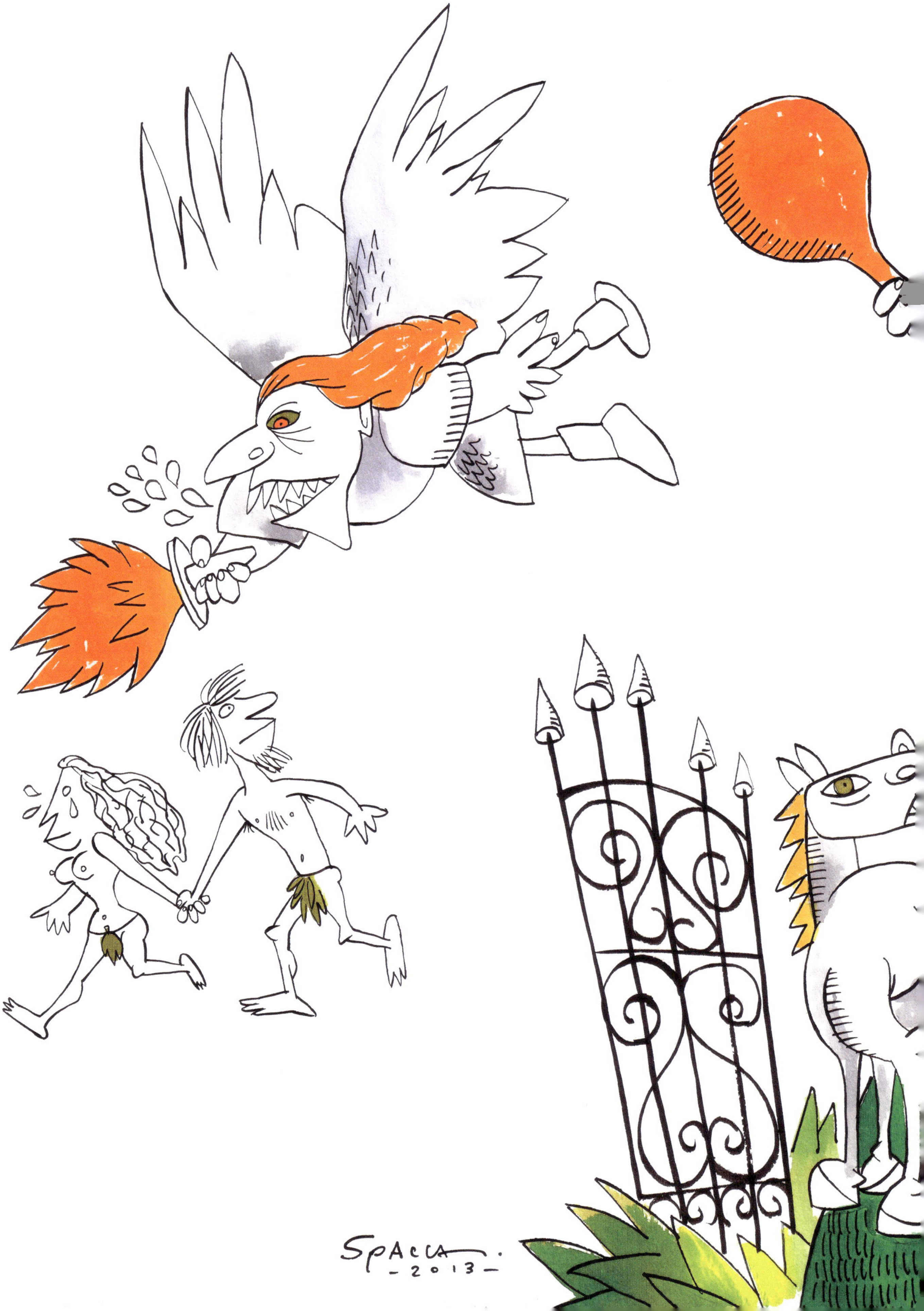
SPACCA.
-2013-

...E MILLÔR CRIOU O FRESCOBOL

biografias

MILLÔR FERNANDES
Nasceu no Rio de Janeiro em 16 de agosto de 1923. Foi desenhista, dramaturgo, escritor, jornalista, tradutor. É autor de inúmeras peças e traduções teatrais. Trabalhou nos principais veículos da imprensa brasileira, como *Jornal do Brasil*, *Veja*, *O Cruzeiro* e *O Pasquim*. Sua obra, além de vasta, é bastante diversificada e inclui poemas, contos, fábulas, crônicas, histórias em quadrinhos. Foi editor da revista humorística *Pif Paf* e um dos fundadores do jornal *O Pasquim*. Frasista prolífico, tornou-se referência para os humoristas de sua época e das gerações seguintes. Millôr morreu aos 88 anos em 27 de março de 2012, no Rio de Janeiro.

ANTONIO PRATA
Nasceu em São Paulo, em 1977. Tem dez livros publicados, entre eles *Meio intelectual, meio de esquerda* (crônicas) e *Felizes quase sempre* (infantil, ilustrado por Laerte), ambos pela Editora 34. Também é autor de *Nu, de botas*, publicado pela Companhia das Letras. Escreve roteiros para televisão e cinema e mantém uma coluna no jornal *Folha de S.Paulo*, aos domingos.

ADÃO ITURRUSGARAI
Nasceu em 1965 na cidade de Cachoeira do Sul (RS). Morou em Porto Alegre, Paris, Porto Alegre, São Paulo, Rio de Janeiro, Buenos Aires e Patagônia, necessariamente nessa ordem. Publica seus quadrinhos nos jornais *Folha de S.Paulo*, *Le monde Diplomatique*, com o qual colabora mensalmente, e nas revistas *Sexy* e *Fierro* (Argentina). O livro de seus personagens, *Rocky & Hudson*, os cowboys gays, foi publicado na Espanha e nos EUA. Sua personagem Aline foi adaptada para a televisão. Adão atualmente vive com sua mulher e dois filhos na província de Córdoba, Argentina.

ALLAN SIEBER
Nasceu em Porto Alegre, em 1972. É cartunista, roteirista e diretor de animação. Foi colaborador fixo das revistas *Trip*, *Sexy* e *Playboy*. Atualmente publica seus quadrinhos na revista *piauí* e diariamente no jornal *Folha de S.Paulo*. Vive no Rio de Janeiro desde 1999, onde mantém a *Toscographics*, seu estúdio de animação. Seu último livro é *A vida secreta dos objetos* (Morula, 2014).

ANGELI
Nasceu em São Paulo, em 1956. Publicou seu primeiro desenho aos quinze anos, na revista *Senhor*, e é chargista político da *Folha de S.Paulo* desde a década de 1970. Criou personagens célebres, como Rê Bordosa, Bob Cuspe, Wood & Stock, os Skrotinhos, entre outros. Ao lado dos cartunistas Laerte e Glauco, participou da série *Los três amigos*. Seus trabalhos foram publicados na Alemanha, Itália, França, Espanha, Argentina e Portugal.

CACO GALHARDO
O paulistano Caco Galhardo nasceu em 1967. Tem vários livros publicados, uma peça de teatro encenada em 2010 e alguns de seus personagens viraram animações nos canais MTV e Cartoon Network. Desde 1996, publica uma tira diária na *Folha de S.Paulo*. É um dos curadores do evento Risadaria, realizado anualmente em São Paulo.

EDUARDO MEDEIROS
Nasceu em Porto Alegre, em 1982, e mora em Florianópolis. É ilustrador de livros, revistas e jornais e é autor de *Mondo urbano*, *Sopa de salsicha*, *Friquinique* e *Neeb*.

FABIO COBIACO
Nasceu em São Vicente, litoral de São Paulo, em 1969. Desde a década de 1980, publica ilustrações e histórias em revistas como *Chiclete com Banana*, *BIZZ* e *General*, além de jornais e fanzines. Com Ronaldo Bressane e Eric Acher, publicou em 2012 a graphic novel *V.I.S.H.N.U.*, ficção científica realista que recebeu terceiro lugar no prêmio Jabuti de ilustração em 2013.

GUSTAVO DUARTE
Nasceu em São Paulo, em 1977, e mudou-se para Bauru em 1985. Formado em design gráfico pela Unesp, começou a sua carreira de cartunista e ilustrador no *Diário de Bauru*, produzindo trabalhos entre 1997 e 1999. Foi designer gráfico na Editora Abril e colaborador das principais revistas e jornais do país. Foi vencedor de oito prêmios HQMix. Publicou cinco álbuns de quadrinhos, entre eles, *Monstros*, pela Quadrinhos na Cia.

JOÃO MONTANARO
Nasceu em São Paulo, em 1996. Começou a trabalhar em 2008 na revista *Mad* e em 2010 passou a fazer charge política para o jornal *Folha de S.Paulo*. Também faz ilustrações para as revistas *Recreio*, *Le Monde Diplomatique*, *Mundo Estranho* e cartuns para a *Ilustríssima* e para o site Omelete. Ganhou um troféu HQMix em 2011 pelo seu primeiro livro de estreia, *Cócegas no raciocínio*.

LEONARDO
Cartunista desde 1989, quadrinista esporádico, ilustrador ocasional, chargista diário.

LUIZ GÊ
Nasceu em São Paulo, em 1951. É formado em arquitetura pela USP e um dos fundadores da revista *Balão*, que revelou o talento de quadrinistas como Laerte, Angeli e os irmãos Paulo e Chico Caruso. Criou a HQ que inspirou o álbum *Tubarões voadores* (1984), de Arrigo Barnabé, reproduzida no encarte do LP. Foi também um dos fundadores da Circo Editorial, responsável pela publicação das revistas *Chiclete com Banana*, *Circo* e *Geraldão*.

biografias

LULI PENNA
Nasceu em São Paulo, em 1965. É ilustradora e cartunista. Colabora para o jornal *Folha de S.Paulo* e para diversas revistas femininas. Publicou cartuns nos cadernos *Ilustríssima* e *Folhateen* e nas revistas *Criativa* e *piauí*. Atualmente colabora com a seção Quadrinhas da Ilustrada com um cartum semanal.

ORLANDO
Nasceu em São Paulo, em 1959. É artista gráfico e ilustrador. Já ilustrou mais de sessenta livros infantojuvenis e é coautor de *Não quero dormir*, autor de *Vida simples* e *Uêba!*. Foi vencedor do prêmio HQMix de melhor ilustrador nos anos de 2001, 2005 e 2006 e artista homenageado no FIQ – Festival Internacional de Quadrinhos de Belo Horizonte, em 2007. Foi ilustrador da *Folha de S.Paulo* e produziu mostras individuais como *Como o Diabo Gosta* (1997), *Olha o Passarinho!* (2001), *Uns Desenhos e Ôtros Desenhos* (2007). É membro do conselho da SIB – Sociedade dos Ilustradores do Brasil.

PEDRO FRANZ
Nasceu em Florianópolis, em 1983. Autor das HQs *Promessas de amor a desconhecidos enquanto espero o fim do mundo* e *Suburbia*, é um dos artistas responsáveis pela adaptação do romance *Ensaio do vazio*, de Carlos Henrique Schroeder. Franz também produziu histórias curtas e tem ilustrações publicadas em revistas como *piauí*, *Samba* e *kuš*! É formado em design gráfico.

RAFAEL CAMPOS ROCHA
Nasceu em São Paulo, em 1970. Trabalhou como produtor gráfico, desenhista de animação, professor de história da arte, cenógrafo, artista plástico. É ilustrador e cartunista em diversas publicações e autor do livro *Deus, essa gostosa*, publicado pela Companhia das Letras.

RAFAEL COUTINHO
Nasceu em São Paulo, em 1980, e se formou em artes plásticas pela Unesp, em 2004. É designer, animador, artista plástico e quadrinista. Produziu curtas-metragens como animador e diretor de *Aquele Cara* (2006) e *Ao Vivo* (2008), e participou de publicações como *Bang Bang* (Devir, 2005) e *Contos dos Irmãos Grimm* (Desiderata). Em 2010 publicou *Cachalote* (Quadrinhos na Cia.), um romance gráfico em parceria com o escritor Daniel Galera. Em 2011 publicou de forma independente a primeira parte da série *O Beijo Adolescente*, que está na terceira edição. Atualmente é editor e dono da Narval Comix.

RAFAEL SICA
Nasceu em Pelotas (RS), em 1979. Considerado um dos mais importantes autores de sua geração, Rafael venceu por duas vezes o prêmio HQMix,

nas categorias Novo Talento (2005) e Web Quadrinhos (2009), por seus *Quadrinhos Ordinários* publicados na internet. Publicou o álbum *Tobogã* (Narval, 2013) pelo selo da Coleção 1000. Em 2014, publicou *Novela* (BebelBooks) e *FIM – Fácil e Ilustrado Manifesto* (Beleléu).

REINALDO
Nasceu no Rio de Janeiro. Começou a trabalhar como cartunista e ilustrador no *O Pasquim*, em 1974, e ficou lá até 1985. Foi um dos criadores do tabloide mensal *O Planeta Diário*, junto com Hubert e Cláudio Paiva. Depois, o *Planeta* se juntou à revista *Casseta Popular* e surgiu o grupo Casseta & Planeta, que manteve um programa de humor na TV durante 18 anos. Reinaldo já publicou três livros de desenhos e é colaborador de algumas publicações, entre elas a revista *piauí* e o jornal *O Globo*, no qual tem um espaço semanal chamado *A Arte de Zoar*.

SPACCA
Nasceu em São Paulo, em 1964. É cartunista, autor e ilustrador de histórias em quadrinhos. Fez charges para o jornal *Folha de S.Paulo*, ilustrações para o suplemento infantil *Folhinha* e HQs para a revista *Níquel Náusea*. Para a Companhia das Letrinhas, ilustrou *Vice-versa ao contrário*, *O jogo da parlenda*, *O Mário que não é de Andrade* e outros. Em 2005 publicou seu primeiro álbum em quadrinhos, *Santô e os pais da aviação* (prêmio HQMix 2007 de melhor roteiro e desenho). Depois publicou *Debret em viagem histórica e quadrinhesca ao Brasil* e *Jubiabá*, adaptação da obra de Jorge Amado, e em parceria com Lília Schwarcz, *D. João Carioca*, e a adaptação de *As barbas do imperador*.

Esta é a verdadeira história do Paraíso foi publicada pela primeira vez em 1963 na revista *O Cruzeiro*. Quase uma década depois, em 1972, a Livraria Francisco Alves publicou a HQ em livro. Repleta de achados gráficos e literários, esta versão da criação do mundo, lida hoje, demonstra que as ideias iconoclastas do autor resistem à passagem do tempo e ratificam esta versão do Gênesis como um de seus trabalhos mais importantes. Nas páginas que seguem, o leitor encontrará a edição fac-símile desta *história do paraíso*.

Millôr Fernandes:
Esta é, realmente, a verdadeira história do Paraíso

Representada centenas de vêzes em vários teatros do País e narrada e desenhada na televisão, com imenso sucesso, pelo próprio autor, "A Verdadeira História do Paraíso" é publicada agora pela primeira vez em "O Cruzeiro".

UM dia o Todo-Poderoso levantou-se naquela imensidão desolada em que vivia, convocou os anjos, os arcanjos e os querubins e disse: — "Meus amigos, vamos ter uma semana cheia. Vamos criar o Universo e, dentro dêle, o Paraíso. Devemos criar a Terra, o Sol, a floresta, os animais, os minerais, a Lua, as estrêlas, o Homem e a Mulher. E devemos fazer tudo isso muito depressa, pois temos que descansar no domingo. E no sábado, depois do meio-dia. (O que Deus fazia antes da criação do Mundo, ninguém sabe. Se fêz tudo isso em seis dias apenas, que imensa ociosidade, a anterior!)

A MAIOR dificuldade de tôdas, embora isso pareça incrível, foi lançar a Pedra Fundamental. Os anjinhos ficaram com aquela bola imensa na mão e perguntaram ao Mestre: "Onde?". Afinal, decidiu-se jogá-la ao acaso, e ela ficou por aí, girando, num lugar mais ou menos instável, por conta própria.

Trabalhar no escuro era muito difícil. Deus então murmurou "Fiat Lux". E a luz foi feita. (Até hoje há uma grande discussão se Deus falava latim ou hebraico.)

E fêz, em seguida, a Lua e as estrêlas. E dividiu a noite do dia.

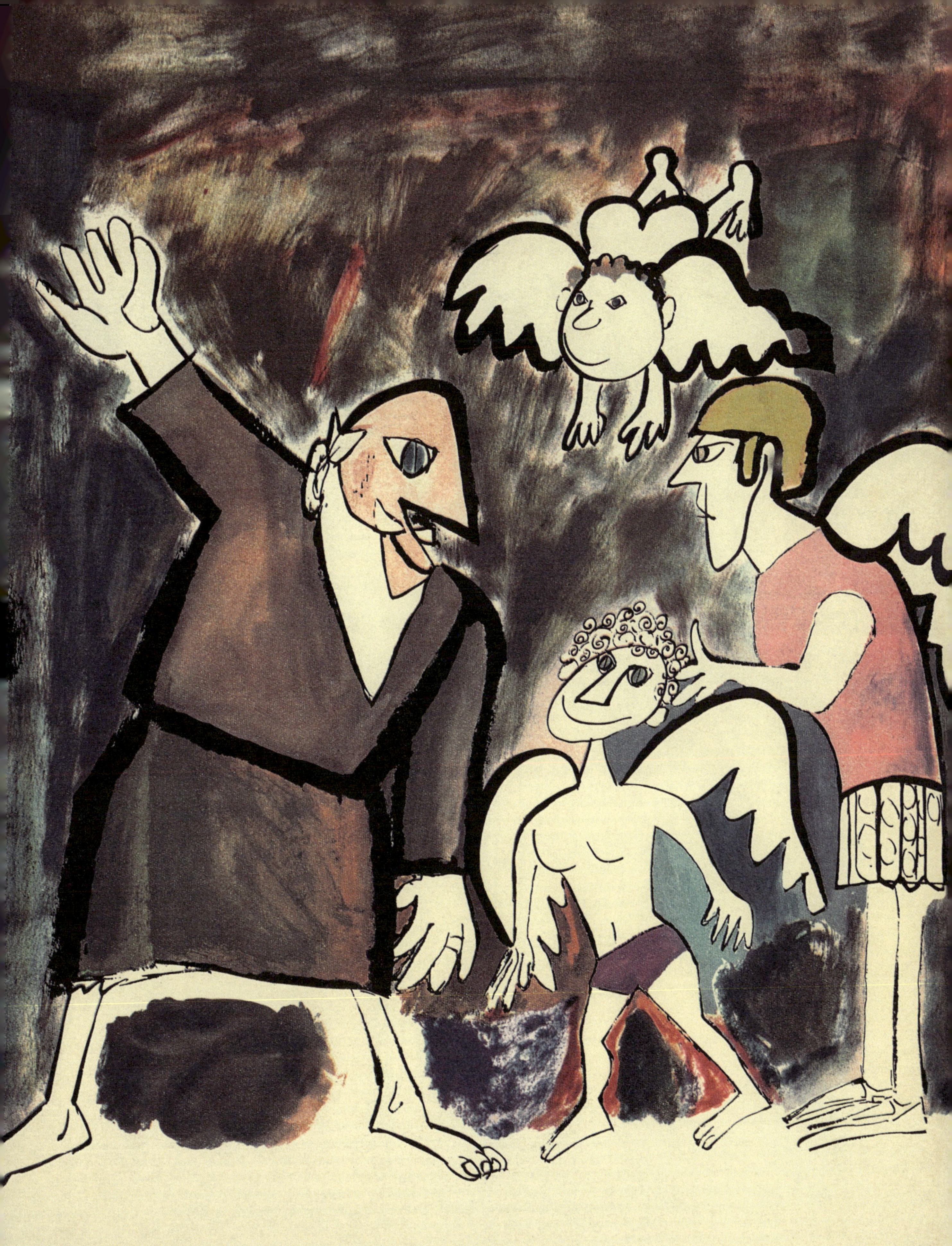

Fêz, então, os minerais e os vegetais. Todos os vegetais eram bons e belos e seus frutos podiam ser comidos. Ruim só havia mesmo a chamada Árvore da Ciência do Bem e do Mal, bem no meio do Paraíso.

Isto daqui é a Parreira, futuro guarda-roupa de Adão e Eva.

E logo Deus fêz os animais: o Leão, o Tigre, o Cavalo, a Girafa (vê-se perfeitamente que a Girafa foi um êrro de cálculo), as Aves, os Peixes... Como os leitorezinhos mais desavisados podem reparar, fêz dois exemplares de cada animal, prova de que não acreditava na Cegonha.

Tendo feito a Vaca, esta, sùbitamente, deu Leite. O Mestre bebeu-o com os anjinhos, aprovou, ordenou à Vaca que continuasse a produzir uma média de sete litros diàriamente, e o resto jogou fora pela janela do Universo, formando assim a Via Látea.

E FÊZ TAMBÉM A COBRA

COMO os animais tivessem sêde, Deus teve que resolver o problema, mas não se apertou. Misturou duas partes de Hidrogênio com uma de Oxigênio, experimentou e disse: "Esta fórmula vai ser um sucesso eterno. Vou chamá-la de ÁGUA. ÁGUA, um produto divino. ÁGUA, um produto caído do céu!".

ASSIM dizem as escrituras que Deus criou tôdas as coisas sôbre a face da Terra. Mas uma coisa eu lhes garanto que Êle não inventou. Êle inventou o Sol. E as Árvores, e os animais e os minerais. Mas de repente, para absoluta surprêsa sua, olhou e viu, maravilhado, que cada coisa tinha uma Sombra! Nessa, francamente, Êle não tinha pensado!

Mas, habilidoso como era, Deus não se deu por achado. E imediatamente começou a utilizar a sombra para fazer os seus projetos. Abrindo e fechando a mão espalmada, verificou que a sombra era um cachorro, movimentando a mão e o braço para a frente e para trás, inventou o pato; e, pegando um galho sêco e juntando-o à sombra do cachorro, inventou o veado galheiro.

E FOI OLHANDO A PRÓPRIA SOMBRA QUE RESOLVEU FAZER UM SER À SUA SEMELHANÇA.

E ADÃO FOI FEITO!

NASCENDO já grande e prontinho, Adão teve várias vantagens: não precisou fazer o serviço militar, não passou por aquela transição terrível entre a primeira e a segunda dentição: e nunca teve 17 anos. Além do que não precisava comprar presente no Dia das Mães. (A esta altura Adão ainda não usa fôlha de parreira, mas nós colocamos uma no desenho para evitar a censura. O leitor poderá objetar, também, que a figura do proto-homem não está excessivamente máscula. Lembramos, porém, que Eva ainda não existia e que, portanto, a masculinidade ainda não aparecera sôbre a Terra.)

Outro problema sério, quando se pinta Adão, é saber se êle tinha ou não tinha barba. Nas pinturas clássicas, êle, em geral, não tem barba quando está no Paraíso e tem barba quando já saiu do Paraíso. A Conclusão:

O castigo por ter comido a maçã foi fazer a barba tôda manhã.

MAS há outros probleminhas metafísicos criados pelo TODO-PODEROSO. Aqui mesmo, neste quadro, devidamente numerado, temos quatro dêsses problemas para o leitor meditar:

①
RESPONDA, amigo: Adão tinha umbigo?

②
RESPONDA, irmão: o pássaro já nasce com a canção?

③
O MISTÉRIO não acaba: onde anda o bicho da goiaba quando não é tempo de goiaba?

④
MESTRE, respeito o Senhor, mas não à sua Obra; que Paraíso é êsse que tem cobra?

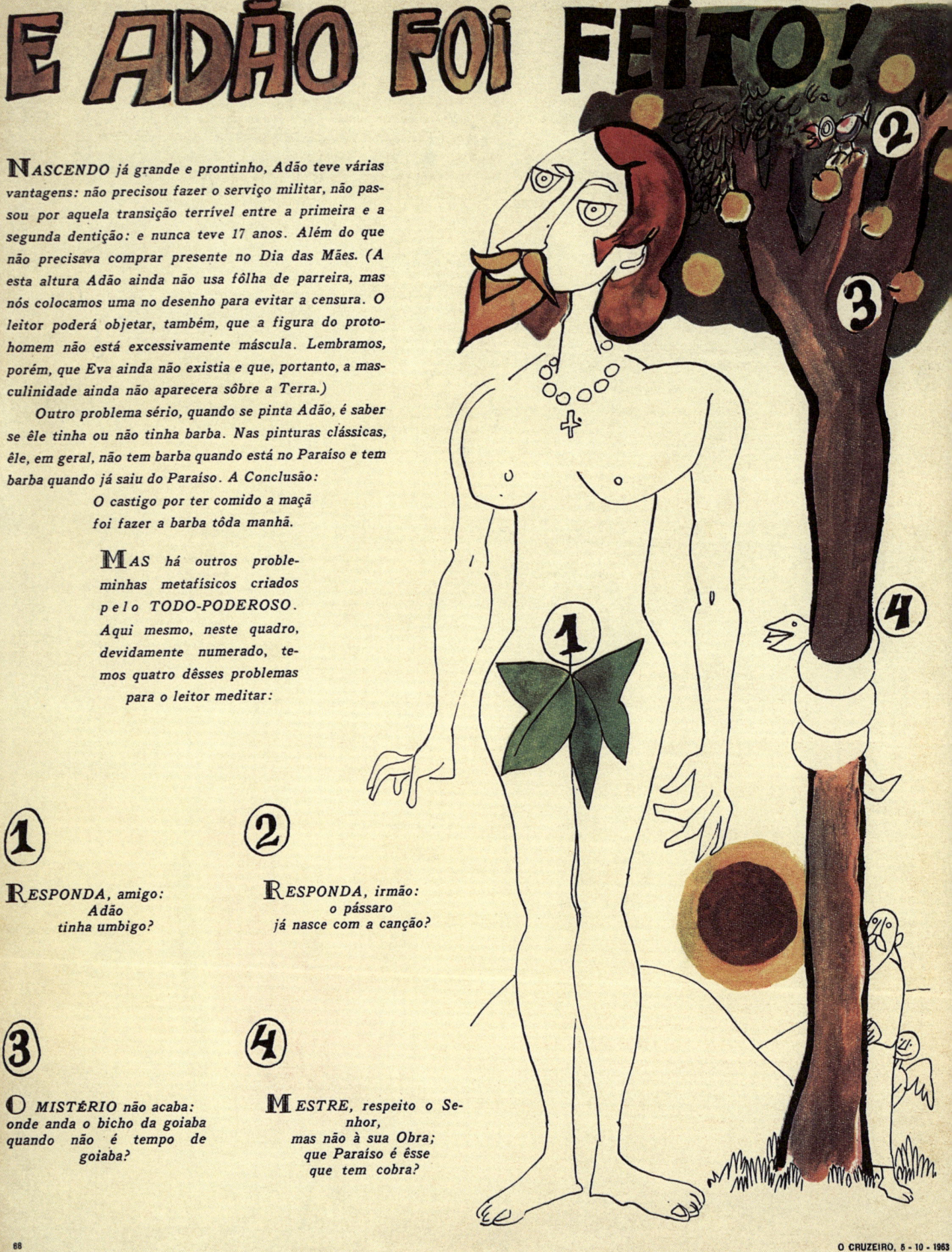

MAS ali estava Adão, prontinho, feito de barro. Durante muito tempo, aliás, se discutiu se a Mulher não teria sido feita antes dêle. Mas está claro que a Mulher foi feita depois. Primeiro porque é mais caprichada, mais bem acabada. Segundo porque, se Deus tivesse feito a Mulher antes do Homem, vocês já imaginaram os palpites que ela ia dar na nossa confecção?

— Ah, não põe isso não, põe aquilo! Ih, que bobagem, que nariz feio! Deixa êle careca, deixa! Põe mais um ôlho, põe! Ah, pelo menos põe um vermelho e outro amarelo, põe! Puxa, você não faz nada que eu quero, hem? É de barro também, é? Parece um macaco, seu! Você é errado, Todo-Poderoso! Ah, não põe dois braços não, deixa eu só com dois braços, deixa! Não põe bôca não, põe uma tromba. Ficou pronto depressa, hem? Você deixa eu soprar êle, deixa? Deixa que eu sopro, deixa!

A verdade é que Adão não era muito bonito mesmo. Deus, como escultor, deixava muito a desejar. Mas, naturalmente, êle contava com a Evolução para melhorar a sua Obra.

Depois de devidamente soprado com o Fogo Eterno, Adão saiu pelo Paraíso experimentando as coisas. Tudo que êle fazia ou dizia era completamente original. Nunca perdeu tempo se torturando: "Onde é que eu ouvi essa?" "De onde é que eu conheço essa cara?". Deus, entre outros privilégios, deu a Adão o de denominar tudo. Foi êle quem chamou árvore de árvore, fôlha de fôlha e vaca de vaca. Fêz o que se chama dar nome aos bois. E tinha tanto talento para isso que todos os nomes que botou, pegaram.

Deus só pediu explicação a Adão no dia em que êste batizou o Hipopótamo. — "Por que Hi-po-pó-ta-mo?" — soletrou mal e mal o Todo-Poderoso. E então Adão deu uma resposta tão certa, tão clara, tão definitiva, que Deus nunca mais lhe perguntou nada: "Olha Mestre" — disse êle — "eu lhe garanto que nunca vi um animal com tanta cara de Hipopótamo!"

E assim foi Adão dando nome a tôdas as coisas. Só errou no dia em que estava batizando os minerais e deu uma topada numa pedra. Foi a primeira vez que uma coisa foi chamada com outro nome. Adão tinha criado a Metáfora.

Continuando, Adão saiu por ali, nadando no rio, comendo dos frutos, brincando com os animais. Mas não parecia satisfeito. O Senhor, percebendo que faltava alguma coisa a Adão, resolveu então lhe dar uma companheira. Ordenou que êle fôsse dormir e, como lá reza a História, foi o primeiro sono de Adão e seu último repouso.

Porque, assim que êle dormiu, o Mestre tirou-lhe uma costela e...

CONSEGUIRÁ DEUS CRIAR A MULHER DE UMA COSTELA DE ADÃO?
A SERPENTE REALIZARÁ O SEU SINISTRO INTENTO?
CONSEGUIRÁ EVA CONDUZIR ADÃO PARA O CAMINHO DO MAL?
ADÃO E EVA SERÃO EXPULSOS DO PARAÍSO?

NÃO DEIXEM DE LER A CONTINUAÇÃO! ⟶

COMO vêem, Deus conseguiu criar a Mulher da costela de Adão. E conforme prevíramos, a primeira coisa que ela fêz foi olhar em tôrno e palpitar:

— Ih, Todo-Poderoso, quanto animal sem coloração! Muda isso: pra floresta o que vai pegar mesmo é o estampado!

Deus acedeu. E enquanto êle mudava a pele dos bichos, Eva saiu passeando e resolveu tomar um banho no rio. A criação inteira veio então espiar aquela coisa linda, que ninguém conhecia. E quando Eva saiu do banho, tôda molhada, naquele mundo inaugural, naquela manhã primeval, estava realmente tão maravilhosa que os anjos, os arcanjos e os querubins não se contiveram e começaram a bater palmas e a gritar, entusiasmados: "O AUTOR! O AUTOR! O AUTOR!"

DEUS surgiu então, encabuladíssimo, tirou do bôlso da túnica inconsútil êste improviso, e inaugurou Eva com as seguintes palavras:

"Minha cara, eu te criei porque o Mundo estava meio vazio, e o Homem, solitário. O Paraíso era perfeito e, portanto, sem futuro. As árvores, ninguém para criticá-las; os jardins, ninguém para modificá-los; as cobras, ninguém para ouvi-las. Foi por isso que eu te fiz. Êle nem percebeu e custará os séculos para percebê-lo. É lento, o homenzinho. Mas, hás de compreender, foi a primeira criatura humana que fiz em tôda a minha vida. Tive que usar argila, material precário, embora maleável. Já em ti usei a cartilagem de Adão, matéria mais difícil de trabalhar, mais teimosa, porém mais nobre. Caprichei em tuas cordas vocais, poderás falar mais, e mais suavemente. Teu corpo é mais bem acabado, mais liso, mais redondo, mais móvel, e nêle coloquei mesmo alguns detalhes que, penso, vão fazer muito sucesso pelos tempos afora. Olha Adão enquanto dorme; é teu. Êle pensará que és dêle. Tu o dominarás sempre. Como escrava, como mãe, como mulher, concubina, vizinha, mulher do vizinho. Os deuses, meus descendentes; os profetas, meus public-relations; os legisladores, meus advogados, proibir-te-ão como luxúria, como adultério, como crime e até como atentado ao pudor! Mas êles próprios não resistirão e chorarão como santos depois de pecarem contigo; como hereges depois de, nos teus braços, negarem as próprias crenças; como traidores, depois de modificarem a Lei para servir-te. E tu, só de meneios, viverás.

Nasces sábia, na certeza de todos os teus recursos, enquanto o Homem, rude e primário, terá que se esforçar a vida inteira para aprender um pouco de coisas que depositará humildemente no teu leito. Vai! Quando perguntei a êle se queria uma mulher, e lhe expliquei que era um prazer acima de todos os outros, êle perguntou se era um banho de rio, ainda melhor. Eu ri. O Homem é um simplório. Ou um cínico. Ainda não o entendi bem, eu que o fiz, imagina agora os seus semelhantes.

Olha, êle acorda. Vai. Dá-me um beijo e vai. Hmmmm, eu não pensava que fôsse tão bom. Hmmmm, ótimo! Vai, vai. Não é a mim que você deve tentar, menina! Vai, êle acorda. Vem vindo para cá. Olha a cara de espanto que faz. Sorri! Ah, eu vou me divertir muito êstes próximos séculos!" (*Nota importante:* êste discurso do Todo-Poderoso está sendo divulgado pela primeira vez em todos os tempos aqui nesta revista. Nunca foi divulgado antes. Nem mesmo pelo seu órgão oficial, A BÍBLIA.)

O RESTO da história os leitores conhecem melhor do que eu. Arrastado por Eva e pela Serpente, Adão não resistiu e comeu a Maçã.

Logo que comeram a maçã, por um fenômeno fàcilmente explicável, Adão e Eva perceberam que estavam nus. Foram até seu armário desembutido, pegaram quatro fôlhas de parreira e se vestiram ràpidamente.

FURIOSO com o desrespeito de suas criaturas (furioso para show, furioso para as arquibancadas, pois, sendo Onisciente, Previdente e Onipresente, Deus sabia muito bem o que Adão e Eva iam fazer), o Todo-Poderoso apontou-lhes imediatamente o ôlho da rua, depois de desejar aos dois coisas que não se desejam nem ao pior inimigo, como ter filhos sem os processos da técnica moderna e ganhar o pão com o suor do próprio rosto. E lá se foram Adão e Eva, expulsos daquela residência magnífica, sem receberem, sequer, aviso prévio, sem o menor respeito pelas leis naturais de inquilinato.

Dêsse modo, amigos, termina nossa simples história, com Adão e Eva fora do Paraíso. Todos os outros animais pensaram que isso fôsse apenas de uma brincadeira do Todo-Poderoso. Mas não. Botou mesmo o casal pra fora e nunca mais deixou que voltasse, tendo até, como lá conta a Bíblia, colocado na entrada do Paraíso um anjo com uma bruta espada de fogo na mão, com ordem de não deixar os dois entrar. Êsse anjo foi o primeiro leão-de-chácara da história universal.

Adão e Eva foram morar a leste do Éden e tiveram três filhos: Abel, Caim e Set. Abel e Set eram bonzinhos, mas Caim passava as noites inteiras num bar chamado SODORRA (na esquina de Sodoma com Gomorra) e foi o criador da Juventude Transviada. Só andava de charrua (uma espécie de lambreta primitiva) e tinha um atrevimento peculiar, pois quando o Senhor lhe perguntou — "Caim, Caim, que fizeste de teu irmão?" — êle respondeu aos berros: "E por acaso eu sou o guarda de meu irmão, poxa?"

Era de um atrevimento realmente precursor.

E FOI assim, irmãos, que o homem e a mulher perderam o Paraíso, por causa do Pecado Original. Como eu não canso de repetir, do pecado antigamente chamado original. Mas que hoje, na verdade, de original só tem mesmo o estilo de cada um.

DE qualquer forma, dentro e fora do Paraíso, o Mundo não foi realmente uma criação sensata, feita com estudo e cálculo. Tem lá seus momentos de magnífica inspiração, tem lá seus pores de sol, suas auroras, mas o Senhor fêz tudo precipitadamente, deixando um terrível exemplo de improvisação que até hoje os arquitetos menores seguem, sobretudo os de Brasília. No caso do Todo-Poderoso, porém, não há qualquer justificativa. Ninguém lhe deu prazo, não tinha data de entrega.

ESSA pressa leviana demonstra-o incompetente: por que fazer o Mundo em sete dias se tinha a eternidade pela frente?

EXTINTO

EXTINTO